Pepe Wolf
und seine verrückten Fälle

REGINA + GIUSEPPE DE FACENDIS

Pepe Wolf

und seine verrückten Fälle

Detektivgeschichten zwischen Realität und Fiction

ISBN: 978-3-7526-4876-8

Inhalt

1 – Sie sind unter uns

»Ich kann auf dieser harten Planke einfach nicht mehr sitzen!«, quengelte die Blondine und rutschte mit ihrem Hinterteil auf der unbequemen Sitzgelegenheit hin und her. »Ist denn keine Pause vorgesehen?«

»Bleib ruhig sitzen, Antje!«, herrschte Tom sie an, als das Kanu gefährlich zu wackeln begann. »Willst du etwa im Fluss landen … vielleicht im aufgerissenen Maul eines hungrigen Kaimanen?«

Der Leiter der vierköpfigen Reisegruppe aus Stuttgart, die den Tagesausflug auf dem Amazonas für einen fürstlichen Preis gebucht hatte, warf der bildhübschen jungen Dame einen genervten Blick zu. Warum hatte diese mit viel Schönheit, aber wenig Geist ausgestattete Touristin eine solche Reise gebucht? Sicher wäre sie in einem Fünfsternehotel mit Swimmingpool, Wellnessbereich und luxuriösem Service besser aufgehoben gewesen. Was den Mann in fortgeschrittenem Alter dahinter anging, besaß er zwar viel mehr Geist als die junge Dame, hatte jedoch sicher sein Leben lang nichts anderes als Dokumente und Akten gesehen. Die Einzigen, die zum heutigen Reiseziel passten, waren zwei junge Muskelprotze, die darauf erpicht waren, mit ihren antrainierten Kraftpaketen die Naturgewalten zu besiegen.

»Wir sind fast am Ziel angelangt!«, beruhigte Tom die kleine Bootsbesatzung. »In zwanzig Minuten erreichen wir einen Flussabschnitt, an dem wir problemlos an Land gehen können. Dort erwartet euch ein schmackhaftes Picknick inmitten der Schönheit des Regenwaldes und danach eine gemütliche Rückfahrt, da uns zwei Jeeps ins Hotel zurückbringen werden! Was haltet Ihr davon?«

Diese Aussichten stellten alle Teilnehmer, inklusive der zickigen blonden Dame, zufrieden, so dass wieder Stille einkehrte … wenn man in dieser Wildnis von Stille sprechen konnte. Ununterbrochen waren alle nur denkbaren Geräusche zu hören: das Schwirren der Insekten, der Gesang der Vögel, das Schreien der Affen, Zweige, die zerbrachen, ein dauernder kontinuierlicher Geräuschpegel, der das lautlos auf dem Fluss dahingleitende Kanu begleitete.

»Schaut mal da vorne!«, ertönte erneut die penetrante Stimme der Blondine. »Was ist denn das? Sind wir schon am Ziel angekommen?«

Tom stellten sich beim Klang der kreischenden Frauenstimme die Nackenhaare auf. Er atmete zweimal tief durch. Dann folgte sein Blick dem gestikulierenden Arm der blonden Insassin, der Richtung Ufer zeigte, wo hinter niedrigem Gebüsch leichte Rauchschwaden aufstiegen.

»Los Tom, schauen wir, was da los ist!«, mischte sich einer der beiden Abenteuertypen ein.

»Also gut!«, gab der Reiseführer nach kurzer Überlegung nach. »Wir halten einen Moment an und schauen nach dem Rechten. Vielleicht hat sich ein trockener Ast entzündet und wir können den Ausbruch eines Großbrandes verhindern.«

Zwei, drei Ruderschläge und sie waren am Ufer. Tom stieg als Erster aus, gefolgt von den beiden Athleten, die das Boot mit Antje und dem älteren Herrn problemlos an Land zogen.

Während die Reisegäste sich nach der langen Kanufahrt zunächst einmal dehnten und streckten, bahnte sich Tom sofort einen Weg durchs Gebüsch, um die Ursache des Rauches zu finden. Nach ein paar Metern blieb er überrascht stehen. Wie war das möglich? Seit über zwei Jahren führte er Reisegruppen an dieser Stelle des Flusses vorbei, jedoch war ihm noch nie aufgefallen, dass sich hinter der Ufervegetation eine Art Dorf befand. Denn wie sollte er den Anblick, der sich ihm bot, anders interpretieren? Ein nicht bewachsener, freier Platz mitten in der Wildnis mit einer Feuerstelle, umgeben von kleinen Tischen und den dazugehörigen Stühlen. Von dort führten mehrere schmale Wege durch die immer dichter werdende Vegetation zu seltsamen Konstruktionen, die jedoch nicht wie Hütten von Eingeborenen aussahen, sondern … wie … wie? Tom überlegte kurz. Wie hießen die seltsamen Rundhäuser in Apulien noch, die er während eines Urlaubs in Süditalien bewundert hatte? Ja genau … so sahen sie aus … wie Trulli. Nur war bei diesen Häuschen das Steindach durch eine Abdeckung aus Zweigen und Ästen ersetzt. Aber was zum Teufel hatten diese Trulli mitten im Regenwald zu suchen? Er hatte nichts von einem Bauprojekt für Touristen in diesem Gebiet gehört!

»Wooow! Phantastisch!« schrie die Blondine begeistert. »Schaut euch das an! Ein Feriendorf für Touristen, mitten in dieser schrecklichen Wildnis! Warum hat mir das niemand gesagt? Ich hätte sofort eins dieser bequemen Häuschen gemietet!«

»Herzlich willkommen, meine Liebe«, ertönte eine ruhige Baritonstimme aus dem vordersten Rundhaus. Dann öffnete sich die Tür und ein elegant gekleideter Mann trat ins Freie. Langsam ging er auf die Besuchergruppe zu.

»Hätten wir nur die leiseste Ahnung von Ihrem Wunsch gehabt, wäre Ihnen eine persönliche Einladung sicher gewesen.«

Nun traten auch aus den anderen Häusern ähnlich gekleidete männliche Figuren und kamen auf sie zu.

»Wirklich schade, dass Sie nichts von diesem herrlichen Ort gehört haben«, fuhr die melodische Stimme fort. »Aber Sie haben ihn ja von alleine gefunden, auch ohne unsere Einladung.«

Antje lächelte immer noch, als sich bei Tom erneut die Nackenhaare aufstellten, diesmal nicht wegen der schrillen Frauenstimme, sondern wegen der Gruppe von Personen, die sich langsam, aber kontinuierlich auf sie zubewegte. Zwar sagte sein Instinkt ihm *Lauf weg*, aber sie sahen alle so höflich und gut erzogen aus!

»Obwohl wir Ihnen heute leider unsere Gastfreundschaft nicht anbieten können«, entschuldigte sich die Männerstimme in fast singendem Tonfall, »so haben Sie uns dennoch bei der Lösung eines großen Problems geholfen … nämlich bei der Beschaffung unseres Mittagessens!«

Nach diesen Worten stürzten sich die eleganten Wesen auf die Besuchergruppe, Reiseleiter inbegriffen, und ließen sich … etwas weniger elegant … das Essen schmecken, ohne das geringste Überbleibsel zu hinterlassen, nicht einmal das Kanu, dessen brennende Holzplanken perfekt zum Braten der größeren Stücke geeignet waren.

Pepe Wolf schaute nervös auf die Armbanduhr. Sein neuer Mandant war zehn Minuten überfällig. Hoffentlich hatte er es sich nicht anders überlegt! Für seinen letzten Fall hatte der Detektiv bis jetzt keinen Cent erhalten, obwohl glorreich gelöst, von ihm! Nur war der Auftraggeber dank seiner Ermittlungen im Gefängnis gelandet. Daher könnte man sagen: eigene Schuld! Wo blieb nur der neue Mandant? Er brauchte diesen Auftrag unbedingt und diesmal würde er sofort einen Vorschuss verlangen. Man lernt nie aus!

Als es kurz darauf klingelte, sprang Pepe Wolf erleichtert auf. Er war ein kleiner, schmaler Typ, dem nur die treuesten Haare auf dem Kopf verblieben waren. Die recht derben Gesichtszüge ließen ihn verschlossen, fast traurig und abweisend erscheinen, jedoch zeugten die großen dunklen Augen von einem warmen inneren Kern und einer angeborenen Wachsamkeit. Angeboren war ihm jedoch ebenfalls eine gewisse Tolpatschigkeit, die ihm des Öfteren in seinem Beruf geschadet hatte. Aber das Glück war zuletzt immer auf seiner Seite. Er war die perfekte Mischung aus der italienischen warmherzigen, aber chaotischen Mama und dem drahtigen, korrekten deutschen Herrn Papa. Der passendste Vergleich zu seinem Äußeren und einigen seiner Charakterzüge wäre vielleicht der mit dem bekannten Woody Alan gewesen! Den Vornamen Giuseppe, kurz Pepe, hatte er von Mama, den Nachnamen von seinem Vater geerbt.

Der Detektiv raste Hals über Kopf – der neue Kunde konnte ihn ja noch nicht sehen – durch das lichtdurchflutete Büro in Tübingen dem Eingang entgegen. Hier empfing er seine Mandanten im offiziellen Rahmen, für seine Recherchen zog er das dunkle, verrauchte Marlowbüro in Wolfenhausen vor. Das zwar kleine, jedoch mit riesigen Fenstern ausgestattete moderne Büro über den Dächern von Tübingen nutzte der Detektiv als Vertrauen einflößendes Ambiente für seine Neukunden. Am Ende des Raumes angelangt, bremste Pepe ab, nahm Haltung an und öffnete langsam die Tür. Seine stolze Haltung ging ihm jedoch beim Anblick des jungen, elegant gekleideten Mannes fast verloren. Sein Blick kletterte langsam von der Krawatte, die sich auf Augenhöhe befand, nach oben Richtung Kopf seines potentiellen Mandanten, der ihn um mindestens eineinhalb Köpfe überragte.

»Hallo Herr Wolf! Entschuldigen Sie meine Verspätung, aber der Chef hat wieder Mal in letzter Sekunde eine Besprechung einberufen!« sagte der brünette hochgewachsene Mann und streckte Pepe freundschaftlich die Hand entgegen. »Danke, dass Sie mir so schnell einen Termin geben konnten. Es ist wirklich dringend!«

»Guten Tag, Herr Lang! Kein Problem, kommen Sie doch herein!«, erwiderte der Detektiv, schüttelte ihm die Hand und deutete auf einen der beiden Sessel vor seinem Schreibtisch.

»Setzen Sie sich! Kann ich Ihnen etwas anbieten? Einen Espresso? Ein Glas Wasser?«

»Ein Glas Wasser wäre gut, danke!«

Pepe holte zwei Gläser, füllte sie mit Mineralwasser und stellte die Flasche auf den gläsernen Schreibtisch. Dann nahm er auf seinem Lederstuhl Platz, direkt vor der Fensterwand, durch welche die Besucher einen herrlichen Ausblick auf das alte Universitätsstädtchen genießen konnten.

»Wie kann ich Ihnen behilflich sein, Herr Lang?«

»Es ist ein wenig kompliziert, Herr Wolf«, begann der junge Mann, nachdem er durstig das halbe Glas ausgetrunken hatte. »Mein Vater, ein recht bekannter Geschäftsmann aus Stuttgart, hat vor einem Monat eine Abenteuerreise zum Amazonas gebucht. Fragen Sie mich nicht warum, da ich es Ihnen beim besten Willen nicht erklären kann. Ein Mann, der sein ganzes Leben im Büro verbracht und in der Freizeit nur den Golfplatz und eventuell ein Luxushotel mit Swimmingpool und Wellnessbereich besucht hatte! Auf alle Fälle ist er von dieser Reise nie zurückgekehrt. Ich wollte mich an das Reisebüro wenden, über das die Buchung lief, aber …«

»Aber?« hakte der Detektiv sofort nach. »Welche Erklärung haben sie Ihnen gegeben?«

»Gar keine … « entgegnete Lang frustriert, »da sie nicht mehr existieren! Das Reisebüro natürlich! Es hat sich in Luft aufgelöst. Völlig absurd!«

Pepe Wolf überlegte kurz.

»Den Namen des Reisebüros haben Sie, sicher auch den Namen des Mitarbeiters, der mit Ihrem Vater in Verbindung stand.« Pepe überlegte kurz. »Das Bankkonto des Reisebüros müsste Ihnen ebenfalls bekannt sein!«

Herr Lang nickte zustimmend, während er eine Mappe aus seiner Aktentasche zog und vor Pepe auf den Schreibtisch legte.

»Hier habe ich die Kopien der wichtigsten Dokumente, die ich gefunden habe. Hoffentlich helfen sie Ihnen! Mehr liegt mir momentan leider nicht vor.«

Pepe schlug die Mappe auf und blätterte kurz in den Dokumenten.

»Vielen Dank, Herr Lang! Das hilft mir für den Anfang weiter. Wenn ich noch Fragen habe, melde ich mich bei Ihnen!«

»Wann immer Sie wollen, Herr Wolf!«, sagte der junge Mann und reichte dem Detektiv im Aufstehen seine Visitenkarte.

Pepe blieb zögernd sitzen. Wie sollte er dem neuen Mandanten seine Idee mit dem Vorschuss klarmachen, ohne als armer Schlucker dazustehen? Die ersten Schweißtröpfchen bildeten sich auf seiner Stirn. Aber dann schien Herrn Lange etwas einzufallen und er setzte sich wieder.

»Ach, ich vergaß! Sie brauchen sicher einen Vorschuss, um mit den Recherchen zu beginnen. Über den Tagessatz haben wir ja bereits besprochen. Ich habe Ihnen für die erste Woche Bargeld mitgebracht. Ich hoffe, das geht für Sie in Ordnung.«

Bei diesen Worten öffnete er erneut die Aktentasche und zog ein Kuvert hervor.

»Bitte, Herr Wolf! Ich hoffe, das reicht für den Anfang!«, sagte er und legte das Kuvert auf die Mappe am Schreibtisch.

»Aber natürlich, Herr Lang! Das wäre wirklich nicht notwendig gewesen!«, erwiderte Pepe, ohne sich die große Erleichterung anmerken zu lassen.

Dann erhoben sich beide und Pepe begleitete den Hünen zur Tür.

»Ich melde mich, sobald es Neuigkeiten gibt«, verabschiedete der Detektiv seinen Mandanten.

»Tun Sie Ihr Bestes, Herr Wolf! Mein Vater hat es wirklich verdient!«

Und dann lief er bereits, wie man es nicht anders von einem sportlichen Mann erwarten konnte, das Treppenhaus herunter Richtung Erdgeschoss. Das sollte ich auch mal tun, dachte Pepe Wolf und schloss die Tür hinter sich, am besten auch treppauf!

Eine Stunde später saß Pepe erneut am Schreibtisch, jedoch an dem hölzernen in seinem gemütlichen Büro in Wolfenhausen. Es erinnerte an das Büro des berühmten Detektivs Marlow: ein dunkles Zimmer mit zwei Fenstern, die wohl nur selten geöffnet wurden. An der Decke drehte sich ein Ventilator, der die stehende Luft wenigstens ein bisschen in Bewegung brachte. Ein nicht allzu großer Schreibtisch aus massivem Holz, auf dem sich Berge von Akten türmten, beherrschte den kleinen Raum. Pepe hatte es sich auf dem großen Ledersessel hinter dem Schreibtisch gemütlich gemacht. Er hatte die Füße auf der Tischplatte abgelegt, nahm einen Schluck Rotwein und zog genüsslich an seiner Zigarre. Dann stieß er den Rauch in dicken, fast perfekten Ringen gegen die Zimmerdecke. Wie schön konnte das Leben doch sein! Nach dem Geldregen hatte er sich gleich eine gute Flasche Montepulciano gekauft und natürlich eine Havanna! Göttlich!

Er genoss einige Momente die entspannte Atmosphäre, dann hob er mit einem Seufzer die Füße vom Schreibtisch, rückte den Sessel näher und startete seinen Laptop. Nun musste das erhaltene Geld erst einmal verdient werden!

Zunächst versuchte er über die Handelskammer Stuttgart Informationen über das Reisebüro zu erhalten, jedoch war das Unternehmen mit fünf Mitarbeitern zu klein für die abrufbare Datenbank. Also suchte er einen anderen Weg. Vielleicht fand er eine alte Webverlinkung. Auch wenn manche Firmen physisch nicht mehr existierten, blieben oft digitale Spuren von ihnen im Internet zurück. Diesmal hatte er Glück! Zwar war die auf den Dokumenten angegebene Webseite gelöscht worden, aber Pepe fand auf einem Bewertungsportal einige alte Einträge und Kommentare von Kunden des Reisebüros. Ihm fiel ins Auge, dass die durchweg positiven Bewertungen vor einem Jahr begonnen hatten, wohl nach der Eröffnung, und dann vor drei Monaten schlagartig abbrachen, zirka einen

Monat, bevor der Vater von Herrn Lang die Reise gebucht hatte. Was konnte der Grund dafür sein? Hatten die Kunden keine Lust und Laune mehr gehabt, einen Kommentar zu der von ihnen angetretenen Reise zu schreiben oder … konnten sie ihn nicht mehr schreiben?

Pepe sah vom Laptop auf und nahm einen weiteren Zug an der Zigarre. Quatsch! Das klang ja fast wie eine Verschwörungstheorie! So ein Unsinn! Aber sein Gehirn spulte automatisch die Szene eines bekannten Vampirfilmes ab, in welcher eine Reisegruppe in Siena vom herrschenden Clan der Vampire erbarmungslos ihres Blutes entledigt wurde. Brrr! Pepe nahm einen Schluck Montepulciano, um den gruseligen Schauer, der ihm den Rücken herunterlief, wegzuspülen. Blödsinn, das war ein Film!

Er verließ sein Büro, setzte sich aufs Sofa und nahm die Fernbedienung in die Hand. Sofort sprang sein Kätzchen auf die weichen Polster und kuschelte sich auf der Suche nach ein paar Streicheleinheiten an ihn.

»Hallo Pippa, zu spät zur Mäusejagd?« fragte der Detektiv und streichelte sanft über das etwas zerzauste Fell seiner Katze. Sie war ihm vor ein paar Jahren zugelaufen. Nach dem Verlust des geliebten Hundes Nero wollte Pepe eigentlich keine Tiere mehr nehmen, aber Pippa hatte sich den Detektiv und sein Häuschen als neuen Wohnsitz ausgesucht. Und was konnte ein Mann schon gegen den Charme eines wilden Kätzchens tun?

Pepe schaltete den Fernseher ein und klickte von einem Programm zum anderen. Puh, wie immer nichts Interessantes! Filme, die er als Kinoliebhaber schon tausendmal gesehen hatte, unerträgliche Talk Shows, eindeutig politisch ausgerichtete Dokumentationen. Nichts für ihn!

Dann blieb er bei der CNN hängen.

»Die Polizei bittet um Ihre Mithilfe. Der amerikanische Reiseführer Tom Miller, bekannt für seine oft abenteuerlichen Reiserouten im Regenwald Südamerikas, ist verschwunden. Der Junggeselle wurde vor einem Monat das letzte Mal vor der Flussfahrt mit einer deutschen Reisegruppe auf dem Amazonas gesehen. Seine Angehörigen haben erst vor ein paar Tagen Alarm geschlagen, als sie bemerkten, dass ihr Verwandter sich weder zuhause noch auf einer neuen Abenteuertour befand!« Das Foto eines sportlichen jungen Mannes wurde eingeblendet. »Für wichtige Hinweis danken wir Ihnen. Bitte rufen Sie folgende Nummer an ...«

Pepe schaltete das Fernsehen aus. Wenn er die englische Ansage richtig verstanden hatte, war ein amerikanischer Reiseführer bei der Begleitung einer deutschen Reisegruppe das letzte Mal auf dem Amazonas gesehen worden. Das entsprach den Informationen von Herrn Lang, ohne Zweifel! Das Verschwinden traf also nicht nur auf den Vater seines Mandanten, sondern auf die gesamte Reisegruppe zu, Reiseführer inklusive. Er schaute kurz auf die Uhr: neunzehn Uhr, das war noch akzeptabel! Er zog sein Handy aus der Tasche und rief seinen Freund Daniel Fuchs an.

»Pepe, was ist los?«, antwortete der Kommissar kurz angebunden.

»Störe ich, Daniel?«

»Ja, wir sind gerade bei den Ermittlungen eines Mordfalles!«, erwiderte Daniel etwas genervt.

»Ich auch!«, lautete die noch kürzer gefasste Antwort des Detektivs.

»Na los, spuck schon aus! Was willst du von mir?«

Heute war Daniel wirklich nicht zum Scherzen aufgelegt. So bat ihn Pepe Wolf in wenigen Worten um eine Auskunft. Er habe sicher Beziehungen zur Handelskammer. Er benötige unbedingt die Adresse des Geschäftsführers eines nicht mehr existierenden Kleinunternehmens, des Stuttgarter Reisebüros *Adventure*, entweder die Privatadresse oder die seines eventuell neuen Unternehmens.

»Ist das alles?«

»Ja!«

»Bis morgen!«

Dann legte der Kommissar einfach auf.

Dring, Dring! Das schrille Klingeln schreckte Pepe aus dem Tiefschlaf hoch. Was war denn nun wieder los? Das Telefon ... verflucht! Er setzte sich auf, torkelte schlaftrunken die Treppe hinunter und hob ab.

»Hallo?«

»Sag nur, du hast noch geschlafen«, ertönte die Stimme von Daniel Fuchs.

»Ja, warum?«

»Es ist neun Uhr!«

»Ja und? Ich schlafe immer bis halb zehn, das solltest du eigentlich wissen, nachdem du mich seit vielen Jahren kennst!«, erwiderte Pepe müde ins Telefon.

»Das vergisst man eben, wenn man als arbeitender Mensch schon um acht Uhr im Büro sitzen muss!«, entgegnete der Kommissar mit leichtem Sarkasmus, den Pepe jedoch überhörte.

»Selber schuld! Warum, glaubst du, arbeite ich als Selbstständiger? Wenn ich schon manchmal am Hungertuch nagen muss, dann wenigstens als ausgeschlafener Mensch!«, und bei diesen Worten dehnte er sich genüsslich mit den dazugehörenden Seufzern in alle Richtungen.

»Pepe, Schluss jetzt mit der Morgengymnastik! Willst du deine Information haben oder nicht?«, unterbrach ihn Daniel etwas beleidigt.

Und auf der Stelle war Pepe hellwach! Mist, er hatte den Freund gestern um eine Auskunft gebeten und es ganz vergessen!

»Sorry, ich bin noch total verschlafen«, entschuldigte sich der Detektiv und schlug sich mit der flachen Hand auf die Stirn. »Ich bin ganz bei dir. Konntest du die Adresse ausfindig machen?«

»Weißt du, zunächst habe ich in unserem System nachgesehen …« Der Kommissar legte bewusst eine Pause ein, um den Moment der Überlegenheit auszukosten. »… dann habe ich bei meinem Bekannten in der Handelskammer angerufen …«, erneute Pause, um den Freund noch länger zappeln zu lassen, »… und …«

Pepe unterbrach ihn ungeduldig.

»Und, was hat er gesagt?«

Erneut einige Sekunden des Schweigens, bevor Daniel die Neugierde seines Freundes stillte.

»Bingo! Er lebt am Rand von Esslingen in einer alleinstehenden Villa direkt am Waldrand«, sagte der Kommissar zufrieden und gab Pepe den Namen und die genaue Adresse telefonisch durch.

»Super, Daniel! Bin dir ein Essen schuldig!«

»Okay! Deine berühmten Melanzane alla Parmiggiana!«

»Einverstanden! Und vorher noch eine Carbonara, aber nur weil du es bist!«, beendete Pepe scherzend das Telefongespräch.

Dann sah er sich im Computer die genaue Position des Hauses an. Daniel hatte recht, es lag weit entfernt von bewohnten Stadtgebieten, völlig isoliert westlich von Esslingen. Heute hatte er einige Dinge in Stuttgart zu erledigen und wollte sich danach das Haus von Herrn Reinhard, das war der Name des Geschäftsführers, genauer ansehen.

Zuerst gab er Pippa, die geduldig auf ihr Herrchen gewartet hatte, das morgendliche, besser gesagt das Mittagessen, trank zwei reichlich gezuckerte Espressos, sein tägliches Frühstück, und startete schließlich in seinem gemütlichen Kleinwagen Richtung Stuttgart. Heute würde er der Lösung des neuen Auftrags einen Schritt näher kommen.

Gegen Abend folgte Pepe Wolf der weiblichen Stimme seines Navigators.

»Biegen Sie in hundert Metern links ab.« Der Detektiv setzte den Blinker. »Jetzt abbiegen!« So sollte es geschehen. »In zweihundert Metern haben Sie Ihr Ziel erreicht!« Und so war es. Er fuhr an einer verwahrlosten Villa mit verwildertem Garten vorbei und verschwand mit seinem kleinen Auto hinter den ersten Büschen am Waldrand. Er parkte so, dass er das Gebäude von seinem Versteck aus observieren konnte, und wartete geduldig.

Nach drei Stunden war es mit seiner Geduld zu Ende. Es war stockfinster und nichts, absolut gar nichts war geschehen. Pepe gähnte genervt. Nicht einmal die Blätter der Bäume bewegten sich! Geschweige denn irgendein Mensch im oder um das Haus herum. Vielleicht war die Villa gar nicht bewohnt. So kam er bei seinen Nachforschungen nicht voran. Er stieg aus und schlich sich gebückt von hinten an das Gebäude heran. Irgendwo musste es eine leicht zu öffnende Tür geben oder ein gekipptes Fenster. Die gab es doch in jedem handfesten Krimi … und Gott sei Dank auch hier! Pepe wurde fündig und zwar in Form einer uralten Kellertür, die ihm nach einem geschickten Profitrick Zugang zum Untergeschoss der Villa gewährte.

Dunkelheit, absolute Stille! Der Eindringling verharrte ein paar Momente bewegungslos und versuchte, mit seinem gut geschulten Hörsinn, jedes, auch nur das geringste Geräusch wahrzunehmen. Nichts! Kaum vorstellbar, dass sich jemand im Gebäude befand. Dennoch war Vorsicht geboten! Pepe zog seine Taschenlampe aus der Jacke und leuchtete die Kellertreppe an. Stufe für Stufe schlich er Richtung Erdgeschoss. Oben angelangt legte er sein Ohr an die Tür, verharrte erneut unbeweglich und lauschte. Nichts, absolut nichts zu hören!

Jedoch nahm er einen seltsamen, unangenehmen Gestank wahr. Er sog die Atemluft einige Male bewusst durch die Nase ein, konnte jedoch keinen ihm bekannten Geruch identifizieren. Vorsichtig öffnete er die uralte Tür. Kein Knarren! Puh! Glück gehabt!

Je weiter er ins Innere vordrang, umso intensiver wurde der Geruch. Schweißtropfen bildeten sich auf der Stirn des Detektivs. Das musste die Tür zum Wohnzimmer sein, schätzte Pepe, drückte vorsichtig die Klinke nach unten und schob die Tür Zentimeter für Zentimeter nach innen auf.

Der Gestank schlug ihm wie eine unsichtbare Wand entgegen. Ruckartig ließ er die Türklinke los und seine rechte Hand schnellte zur Nase, um sie vor dem unerträglichen Geruch zu schützen. Ein Brechreiz kontrahierte Pepes Magenwände, aber es gelang ihm, die Reaktion seines Körpers zu kontrollieren. Tapfer hielt seine Linke weiterhin die Taschenlampe in die Höhe und beleuchtete den vor ihm liegenden Raum. Der Anblick, der sich ihm bot, erinnerte in keinster Weise an ein Wohnzimmer, eher an eine Art botanischen Garten, mit einem Schwimmbecken in der Mitte. Na ja, Schwimmbecken war nicht die richtige Bezeichnung für diesen in Mauern eingefassten Tümpel, gefüllt mit braunem stinkendem Wasser und einigen Seepflanzen, eingebettet in eine Art tropischen Dschungel.

Vorsichtig, dem Lichtkegel seiner Taschenlampe folgend, versuchte Pepe, am Rande des dunklen Gewässer entlang ans andere Ende des Raumes zu gelangen. Ein Geräusch ließ ihn zusammenzucken. Ruckartig blieb er stehen. Blub, blub! Pepe richtete den Lichtkegel direkt auf die Wasseroberfläche: Mehrere große Luftblasen stiegen an die Oberfläche des Tümpels ... und es folgten immer mehr!

Was zum Teufel war das, was befand sich auf dem Grund des Tümpels?

Hörte er ein leises Grunzen? Er trat langsam den Rückzug an, Schritt für Schritt rückwärts Richtung Tür, ohne das immer bewegtere, schlammige Wasser aus den Augen zu verlieren. Bildete er sich das nur ein? Spielte ihm seine Furcht böse Streiche? Nein, das Grunzen wurde immer lauter ... gemeinsam mit der Anzahl der aufsteigenden Luftblasen.

Pepe stürzte Hals über Kopf aus dem Zimmer, die Kellertreppe herunter, hinaus aus der Villa, hinein in seinen Wagen.

Pepe wollte starten. Nichts rührte sich. Er drehte erneut den Schlüssel im Anlasser und wollte Gas geben. Nichts! Das durfte nicht wahr sein, warum startete der Motor nicht? Du Idiot, sagte er zu sich selbst! Er hatte vor Aufregung vergessen, beim Starten auf die Bremse zu drücken! Beim dritten Mal klappte es. Er brauste mit Vollgas über die holprige Straße. Nur weg von hier! Ein Held war er noch nie gewesen und das war eindeutig zu viel für ihn!

Während die beiden Lichtkegel die kurvige Straße im Zickzack den Hügel hinunter jagten, um die Hauptstraße zu erreichen, beobachteten zwei aufmerksame Augen die Szene aus dem Inneren der Villa.

Am folgenden Tag schämte sich Pepe wegen seiner sicher übertriebenen Panik und der überstürzten Flucht. Was sollte schon in einem Tümpel inmitten einer Esslinger Villa zu finden sein? Wahrscheinlich lag es nur an einer defekten Pumpe, die das Wasser mit genug Sauerstoff für die darin schwimmenden Fische und Kleintiere versorgte. Pepe beschloss, den Fall einen Tag ruhen zu lassen, um selbst wieder zu einer inneren Ruhe zu gelangen. Zwar hasste er Gänge zu Ämtern und Banken, aber so konnte er heute etwas Abstand zu den gestrigen Geschehnissen finden.

Als er gegen Abend zurück nach Wolfenhausen kam und durch die Eingangstür sein Häuschen betrat, nahm er sofort einen seltsamen Geruch wahr. Er schloss leise die Tür und schlich, ohne auf den Lichtschalter zu drücken, durch den Eingangsbereich ins Wohnzimmer. Der anfänglich unangenehme Geruch wurde zum Gestank. Er blieb wie angewurzelt stehen. Diesen Gestank kannte er, es war der gleiche, den er vorgestern in der Villa wahrgenommen hatte. Ganz langsam zog er die Schublade der Kommode heraus und griff nach seiner Beretta. Mit der Waffe im Anschlag schob er die Tür zu seinem Büro auf, zunächst einen Spalt und, nachdem er sich überzeugt hatte, dass niemand sich darin befand, ganz. In der Mitte des Raumes angelangt hörte er draußen das Zuschlagen der Gartentür. Er lief ins Wohnzimmer und konnte gerade noch einen Wagen mit Vollgas wegpreschen sehen. Immer noch im Dunkeln stehend ließ Pepe die Waffe langsam sinken und atmete erleichtert auf. Der Eindringling war geflüchtet. Einen Moment später stellten sich ihm jedoch die Nackenhaare auf. Zu dem furchtbaren Gestank hatte sich nun auch ein leises Zischen gesellt, ein Zischen direkt hinter ihm am Boden. Er blieb ein paar Sekunden bewegungslos stehen, konzentrierte sich, um das Geräusch zu lokalisieren, und drehte sich dann blitzartig um. Was das Licht der Straßenlaterne, die in den Innenraum fiel, zu erkennen gab, ließ Pepe einen Augenblick erstarren. Dann drückte er seinen Zeigefinger entschlossen auf den Auslöser der Beretta. Ein Schuss explodierte und die Kugel jagte fast zeitgleich durch den gespreizten Hals einer vor ihm aufgerichteten Kobra.

Die Schlange fiel in sich zusammen … und unser Detektiv ebenfalls. Er ließ sich auf das Canapé vor dem Kamin fallen und holte mehrere Male tief Luft, um seinen Pulsschlag wieder auf eine akzeptable Frequenz zu bekommen. Aber dann sprang er erneut auf und hob die Pistole. Wer weiß, vielleicht hatte der unbekannte Besucher noch andere Überraschungen im Haus versteckt? Diesmal erleuchtete der Detektiv das gesamte Haus und untersuchte ein Zimmer nach dem andern. Eine halbe Stunde später legte er die Beretta auf dem Esstisch ab, füllte ein Glas mit dem geliebten Montepulciano und setze sich auf das blaue Ledersofa. Außer der Schlange hatte er keine weiteren Überraschungen finden können, weder in den einzelnen Zimmern noch im Keller. Vor ihm lag die tote Schlange auf dem Boden und der unangenehme Geruch hing weiterhin im Wohnzimmer. Seine grauen Zellen liefen auf Hochtouren. Ja, so würde er es machen! Er nippte noch einmal an seinem Weinglas und stand auf. Im Keller fand er einen Korb für die tote Schlange. Er schnappte sich zuerst Jacke und Autoschlüssel, dann den Korb, lief zu seinem Wagen und fuhr mit quietschenden Reifen los. Er musste das Adrenalin loswerden, die Anspannung verlieren! Das gelang ihm nur, wenn er mit jemandem reden konnte ... so gut kannte er sich mittlerweile. Und dieser jemand war, wer anders sollte es sein, sein bester Freund, der Kommissar Daniel Fuchs.

Pepe brauste durch Seebronn, bog auf den Autobahnzubringer Richtung Rottenburg ab, um schließlich ... zum hundertsten Mal in den letzten Jahren ... von einem Blitzer in der 30er-Zone erwischt zu werden. Als das rote Licht aufblitzte, schlug er wütend mit der Faust auf das Lenkrad. Das durfte nicht wahr sein! Pepe wusste ganz genau, dass der Blitzer dort stand, aber dennoch hatte er ihn etliche Male erwischt ... immer wenn er Hals über Kopf zu Daniel fuhr. Verflucht noch Mal! Der Ärger machte der panischen Vorahnung eines Führerscheinverlustes Platz! Sein Blick sauste zum Geschwindigkeitsmesser: knapp über vierzig Stundenkilometer! Puh! Nochmal gutgegangen! Fünfzehn Euro Bußgeld! Überschaubar!

Kurz darauf bog Pepe links ab und parkte eine Minute später in der Einfahrt vor Daniels Doppelhaushälfte. Das Haus lag im Dunkeln. Pepe schaute auf die Armbanduhr: kurz vor Mitternacht. Das war ihm während des erlebnisreichen Abends entgangen. Egal, ohne Mitleid drückte er auf die Türklingel. Nichts rührte sich! So drückte er ein paarmal hintereinander auf den Klingelknopf.

Durch den gläsernen Teil der Eingangstür sah er im Obergeschoss Licht aufleuchten. Na endlich! Dann polterte Daniel die Holztreppe herunter und riss die Tür auf.

»Was soll das?«, schrie er dem nächtlichen Störenfried erbost entgegen und schreckte sogleich zurück.

Vor ihm stand sein Freund Pepe, dessen rechte Hand eine Kobra in die Höhe hielt.

»Und was soll DAS?«, entgegnete der Detektiv und streckte ihm die Kobra entgegen. Daniel wich erneut zurück.

»Keine Angst, sie ist tot!«, beruhigte Pepe seinen Freund und fügte nicht ohne Stolz hinzu: »Ich habe sie erledigt!«

»Schade, dass sie dich vorher nicht gebissen hat ...«, entgegnete der verärgerte Daniel mit seinem schwarzen Humor, »… dann hätte ich wenigstens meine Ruhe gehabt! Komm schon … und lass dieses Vieh draußen!«

Pepe warf die Schlange auf den Rasen im Vorgarten und folgte seinem Freund ins Wohnzimmer.

Daniel lies sich müde aufs Sofa fallen.

»Nun leg schon los! Was ist passiert?«

Der Detektiv berichtete über die Geschehnisse der letzten sechsunddreißig Stunden und beendete seine Schilderungen mit dem Satz: »Ich weiß, es klingt absurd, aber warum sollte mir jemand eine Kobra ins Wohnzimmer legen, wenn nichts hinter der ganzen Sache steckt?«

»Da muss ich dir zustimmen …«, kommentierte der Kommissar und fügte mit einem skeptischen Seitenblick hinzu: »… ausnahmsweise!«

»Und was machen wir nun?«

»Was heißt WIR, es ist doch dein Fall, oder?«, regte sich Daniel Fuchs auf.

»Ja schon, aber du musst doch zugeben, dass ein Mordversuch … denn wie anders würdest du dieses Schlangenattentat nennen … in deinen Aufgabenbereich fällt. Oder liege ich da völlig falsch?«

Der Kommissar gab seufzend auf.

»Also gut, ich zieh mich an und dann wir fahren ins Präsidium!«

Er schlurfte müde aus dem Wohnzimmer hinaus und kehrte eine Viertelstunde später mit gleicher Körperhaltung, aber in sportlicher Kleidung zurück.

»Komm schon, lass uns fahren!«

Eine halbe Stunde später saßen sie in Daniels Büro im Polizeipräsidium in Tübingen und Pepe schilderte erneut die Geschehnissen der letzten beiden Tage.

»… und dann bin ich durch eine Kellertür ins Haus dieses Herrn Reinhard gelangt.«

»Du bist dort eingebrochen?«, rief der Kommissar mit scheinheiliger Empörung, da er die Berufspraktiken des befreundeten Privatdetektivs nur allzu gut kannte.

»Nenne es, wie du willst, Daniel! Nach drei Stunden Wartezeit hatte ich eben die Schnauze voll!«

Die beiden nahmen einen Schluck Kaffee aus den Pappbechern, die ihnen der Automat auf dem Gang serviert hatte, und Pepe rümpfte die Nase.

»Ja, ich weiß, dass unsere liebe Frau Rilling einen viel besseren Kaffee kocht«, antwortete der Kommissar auf die nicht ausgesprochene Frage, »aber sie ist nun mal um diese Zeit nicht im Büro. Daher gib dich mit diesem Gebräu zufrieden und erzähl weiter.«

Pepe berichtete über den sumpfigen Tümpel im Wohnzimmer, den schrecklichen, ihm unbekannten Gestank und seine Flucht, nachdem er befürchtet hatte, dass irgendein Monster sich aus dem modrigen Wasser auf ihn stürzen würde.

»Und da bist du einfach kopflos weggerannt? Ohne dich nochmal umzusehen, ohne dich zu vergewissern, dass dir niemand folgt?«

»Du hättest das brodelnde Wasser und das Grunzen hören sollen!«, verteidigte sich der Detektiv kleinlaut.

»Auf alle Fälle muss dir jemand gefolgt sein«, erklärte der Kommissar folgerichtig, »sonst hätten sie dich nie in Wolfenhausen gefunden.«

Danach füllte er das Protokoll aus, ließ es seinen Freund durchlesen und zuletzt unterschreiben.

»Heute Morgen lass ich gleich die Schlange aus meinem Vorgarten abholen und dann untersuchen wir, woher sie stammen kann.«

»Ich tippe auf das Amazonasgebiet!«, murmelte Pepe nachdenklich.

»Vielleicht hast du recht! Sobald wir es wissen, forschen wir weiter.« Daniel Fuchs stand auf und klopfte seinem Freund auf die Schulter. »Du bleibst heute Nacht erst mal bei mir zuhause. Da bist du besser aufgehoben.«

Das Angebot seines Freundes nahm unser Detektiv gerne an. Der Gedanke, im Dunkeln in sein Haus zurückzukehren und bei dem Gestank die gesamte Szene wiederaufleben zu lassen, ließ ihm einen kalten Schauer über den Rücken laufen. Morgen bei Tageslicht sah alles ganz anders aus.

Als Pepe Wolf am nächsten Morgen auf sein Carport zufuhr, fiel ihm sofort eine riesige schwarze Limousine ins Auge, die weiter unten in entgegengesetzter Richtung auf der Straße parkte. Adrenalin! Das waren nicht die Fahrzeuge, die man tagtäglich im kleinen Flecken zu sehen bekam. Wartete der Besucher von gestern Abend bereits auf ihn? Er parkte unter dem Carport und wollte so schnell wie möglich ins Haus gelangen, sah jedoch zwei schwarzgekleidete Herren, die ihm von seinem Grundstück her entgegentraten.

»Herr Wolf, guten Morgen! Entschuldigen Sie, dass wir bereits eingetreten sind, aber wir müssen unbedingt mit Ihnen sprechen«, sagte einer der beiden *Men-in-Black*-Kopien, mit Sonnenbrille und Hut ausgestattet, und streckte ihm lächelnd die Hand entgegen. »Wir wurden in Kenntnis gesetzt, dass Sie gestern Abend unerwünschten Besuch von einem Herrn hatten, den wir seit Wochen überwachen.«

Dann nahmen die beiden unseren Privatdetektiv in die Mitte.

»Könnten wir uns bitte einen Moment mit Ihnen unterhalten ... im Inneren des Hauses?«

Der Ton, in welchem der Satz ausgesprochen wurde, und die Körpersprache der beiden Männer nahmen Pepe jede Möglichkeit, den Wunsch oder nennen wir es besser die Forderung der beiden abzulehnen.

Sie erklärten Pepe, dass sie für den NSA, die National Security Agency, das heißt den Auslandsgeheimdienst der USA, arbeiteten. Sie seien seit Wochen der Firma von Herrn Reinhard auf der Spur, genauere Angaben könnten sie ihm leider nicht geben. Dies sei streng geheim, was der Detektiv sicher verstehen würde. Man wies ihn darauf hin, dass er unverzüglich seine Nachforschungen einstellen müsse, um nicht in sehr große Schwierigkeiten zu geraten. Bei diesen Worten griff einer der beiden mit so ausschweifender Geste in die Hosentasche, dass Pepe die Magnum im Halfter unmöglich übersehen konnte. Er zog ein Paket Geldscheine heraus und drückte es ihm in die Hände.

»Dies sollte als Entschädigung reichen. Herr Lang wurde bereits informiert, dass die NSA die Nachforschungen über das Verschwinden seines Vaters übernimmt.«

Dann zogen die Besucher ihren Hut zum Zeichen des Grußes und verließen das Haus durch die Terrassentür. Im Augenwinkel sah Pepe etwas auf den Teppich fallen, das er, nachdem die beiden Männer verschwunden waren, vom Boden aufhob. Es sah aus wie die sehr große Schuppe eines Fisches. Instinktiv führte er das seltsame Etwas an seine Nase und erstarrte. Wieder dieser Gestank, der seine Geruchsrezeptoren in den letzten Tagen schon genug strapaziert hatte! Und wieder Adrenalin! Zeitgleich sprangen seine Gehirnzellen auf einsatzbereit. Pepe stürzte aus dem Haus und sprang in seinen Wagen ... gerade noch rechtzeitig, um nicht von den Insassen der vorbeifahrenden Limousine entdeckt zu werden. Er musste ihnen folgen!

Es herrschte nicht allzu viel Verkehr am Vormittag, jedoch waren genug Fahrzeuge unterwegs, um Pepe eine unbemerkte Verfolgung zu ermöglichen. Die Limousine fuhr durch Wurmlingen und Hirschau Richtung Tübingen und bog schließlich rechts nach Derendingen ab. Im Ort selbst wurde es für Pepe immer schwerer, den Wagen nicht aus den Augen zu verlieren. Nicht zu nahe auffahren, ermahnte er sich immer wieder, aber dann ... war der Wagen auf einmal verschwunden. »Nein, bitte nicht, bitte bitte nicht!« seufzte Pepe und seine Herzfrequenz stieg in schwindelnde Höhen, so als würde er gerade einen Berg im Laufschritt erklimmen. Er blieb an der nächsten Kreuzung stehen und blickte verzweifelt nach rechts ... nichts ... und dann nach links! Da ist er ... der Detektiv sah den Rumpf der großen Limousine in die Einfahrt einer älteren Villa einbiegen. Das war knapp!

Er parkte hinter einem riesigen SUV, der Pepes kleinen Wagen zwar versteckte, ihm jedoch den Sichtkontakt zur Limousine erlaubte. So erfüllte dieser enorme Geländewagen mit Tübinger Kennzeichen wenigstens einmal in seinem Stadtleben irgendeinen Sinn!

Der Detektiv musste nicht lange warten. Nach wenigen Minuten traten die beiden Men in Black mit einem dritten elegant gekleideten Herrn aus dem Gebäude und stiegen ein. Pepe startete den Motor und nahm erneut die Verfolgung auf. Bald stellte sich heraus, dass die Limousine Richtung Esslingen unterwegs war, und Pepe war relativ sicher, wo die Fahrt enden würde. Nach zirka einer halben Stunden bog der große schwarze Wagen in den Weg ein, der zu der alten Villa führte, aus deren Wohnzimmer er vor ein paar Tagen Hals über Kopf geflohen war.

Vor der letzten Abbiegung blieb Pepe am Straßenrand stehen. Er zog sein Handy aus der Tasche und wählte Daniels Nummer. Niemand hob ab. Er versuchte es ein zweites Mal, aber wieder startete nach mehren Klingeltönen die Mailbox. Nach dem dritten Versuch hinterließ er verzweifelt eine Nachricht:

»Verflucht noch mal, wo bist du? Mich haben zwei geschniegelte Men in Black zuhause besucht und sich als NSA-Agenten ausgegeben, nur haben sie beim Rausgehen seltsamerweise eine riesige Reptilienschuppe verloren. Ich bin ihnen gefolgt und stehe nun vor dem Haus von Herrn Reinhard in Esslingen. Du musst …!« Ein Piep beendete seinen Wortfluss. Die Mailbox war voll! Scheis...!

Was sollte er tun? Unruhig rutschte Pepe auf seinem Sitz hin und her. Er würde auf einen Rückruf von Daniel warten. Das war das Vernünftigste. Allein konnte er gegen mehrere Gegner sowieso nichts ausrichten.

Pepe lehnte sich zurück und versuchte zur Ruhe zu kommen. Leichter gesagt als getan. Sein Herz hoppelte in rasendem Tempo vor sich hin und ihm wurde erst jetzt bewusst, dass sein Hemd feucht am Rücken klebte.

Ein Mann erschien vor ihm auf der Kreuzung und ließ Pepe zusammenschrecken, aber dann trottete ein kleiner Mops gemütlich hinterher, der voller Eifer am Wegrand an den Düften anderer Artgenossen schnüffelte. Die beiden bogen in die entgegengesetzte Richtung ab und verschwanden bald auf dem Weg, der zwischen Wiesen und Büschen gemächlich bergab führte.

Langsam kehrte Pepes Herzschlag zu seinem normalen Rhythmus zurück. Der Detektiv warf einen Blick auf die Uhr. Es waren keine fünf Minuten vergangen, Pepe kam es wie eine Ewigkeit vor. Lass Daniel Zeit, er kann nicht dauernd sein Handy kontrollieren, redete sich der Detektiv ein, jedoch sein Innerstes schrie: Nun schau schon endlich auf dein Handy und ruf mich an!!!

Nichts geschah! Nach einer Viertelstunde hielt es Pepe nicht mehr aus. Er setzte sich seine Golfkappe zur Tarnung auf und verließ den Beobachtungsposten. An der Abbiegung angekommen, blieb er stehen und blickte linker Hand in Richtung der besagten Villa. Warum sollte er nicht einen

Spaziergang wagen wie der Herr mit dem Hund? Das war doch nichts Auffälliges! Er bog in den Weg ein und ging auf den dichten Wald zu. Vor der Villa parkten mehrere Limousinen, natürlich auch diejenige, die er verfolgt hatte. Er zog die Kappe tiefer ins Gesicht und ging mit Nonchalance an dem Gebäude vorbei, den Blick nach vorne auf den Wald gerichtet. Kaum war er im Schatten der Bäume verschwunden und hatte sich versichert, dass kein weiterer Spaziergänger in der Nähe war, blieb er stehen und drehte sich zur Villa um, die nur wenige Meter vom Wald entfernt lag. Er verließ den Weg, kämpfte sich ein paar Meter durchs Dickicht und kauerte sich schließlich hinter einem dichten Ginsterbusch auf den Boden. Auf der Seite zum Wald waren alle Rollos und Jalousien heruntergelassen, so dass Pepe nicht ins Innere blicken konnte. Es herrschte Stille, bis auf ein seltsames Geräusch. Ein leises, rhythmisches, immer wiederkehrendes Geräusch! Oder täuschte er sich? Pepe schloss die Augen und versuchte sich zu konzentrieren. Neben dem Vogelgezwitscher aus den Baumgipfeln drang dieses ungewohnte Geräusch an seine Ohren. Er versuchte, all seine Sinne auf die Hintergrundmelodie zu fokussieren. Aber eine Melodie war es eigentlich nicht. Nein, das war … ein Trommeln. Der Detektiv riss die Augen auf. Ja, das war eindeutig das monotone, in regelmäßigen Abständen akzentuierte Schlagen mehrerer Trommeln!

Die Kellertür, durch die Pepe vorgestern ins Haus gelangt war, lachte ihn aus zirka zehn Metern Entfernung an. Allein konnte er sich unmöglich in das Haus wagen. Wo war denn nur Daniel? Hatte er seine Nachricht nicht erhalten? Pepe schaute auf die Uhr. Seit seinem letzten Anruf war über eine Stunde vergangen. Erneut fixierte er das Haus. Statt durch die Kellertür einzudringen, könnte er doch wenigstens versuchen, einen Blick durch das an der Seitenwand liegende Fenster ins Innere zu werfen! Was sprach dagegen? Was sollte ihm dabei passieren? Nach dem überzeugenden Selbstgespräch verließ der neugierige Detektiv sein Versteck und huschte an das besagte Fenster, das zum Wohnzimmer zu gehören schien. Mit dem Rücken an die Hauswand gepresst, um seine Umgebung nicht aus dem Auge zu verlieren, rutschte er seitlich auf das Fenster zu. Als er den Fensterrahmen an seiner rechten Wange spürte, warf er einen letzten

Blick auf eventuelle Verfolger, dann atmete er zweimal tief durch, drehte sich langsam um und schob sein Gesicht vorsichtig an die Fensterscheibe. Zum Glück war der Innenbereich beleuchtet, zwar nur schwach, aber ausreichend, um zu sehen, was sich hinter der Glasscheibe abspielte. Er erkannte, eingetaucht in dichten Nebel, das Becken inmitten des großen Wohnzimmers, an dessen Rand sich menschliche Figuren zum Rhythmus der Trommeln bewegten. Täuschte er sich oder schienen die Anwesenden eine Art Maske zu tragen, die an einen Reptilienkopf erinnerte? Als Pepe seine Augen noch näher an die Scheibe bringen wollte, spürte er eine kräftige Hand im Nacken, die ihm dabei half. Sie drückte seine Nase mit Gewalt gegen die Fensterscheibe, während er über der Hand etwas sehr Kaltes und Hartes spürte. Pepe Wolf wusste sofort, um was es sich handelte: eine Pistole, direkt auf seinen Kopf gerichtet!

»Gut so, mein Lieber! Ganz ruhig, mach ja keine falsche Bewegung!«

Und um die gerade ausgesprochenen Worte zu unterstreichen, nahm der Druck der Pistole auf den Nacken zu.

»Und jetzt gehen wir ganz langsam zur Tür, ganz langsam! Du willst doch nicht, dass mein Finger auf dem Auslöser ausrutscht! Hahaha!«, lachte der Angreifer und schubste den Detektiv mit unsanften Stößen durch die Eingangstür ins Innere der Villa.

Kaum war Pepe über die Schwelle gestolpert, wurde er von einem ekelhaft stinkenden Dunst umgeben, der in ihm einen solchen Brechreiz auslöste, dass er trotz Pistole den Ellenbogen vor seine Nase führte.

»Liebe Freunde ... wir haben einen unerwünschten Gast!«, rief der Angreifer mit zischenden Lauten in den großen Raum des Wohnzimmers.

Die Trommelmusik verstummte schlagartig! Die Anwesenden drehten sich zu den beiden Figuren um, die aus dem Dunst hervortraten, und Pepe Wolf blieb das Herz stehen. Was er beim Blick durch das Fenster für Masken gehalten hatte ... waren Köpfe, echte Reptilienköpfe!

Nach einem Moment des Schweigens kam das Oberhaupt der Wesen, mit einem seltsamen Stab bewaffnet, auf unseren Detektiv zu. Seine Reptilienaugen registrierten jede Einzelheit und seine Nasenlöcher bebten beim Einatmen von Pepes Geruch.

»Ja …«, erklärte er feierlich, »… das ist eindeutig das menschliche Wesen, das uns zuletzt einige Unbequemlichkeiten bereitet hat. Sein Gestank ist unverkennbar!«, fügte er hinzu und zeigte mit der Spitze des Stabs auf Pepe.

Die Worte des Reptiloiden ließen den Detektiv aus der Schockstarre erwachen und gaben ihm für ein paar Momente seinen trockenen Humor zurück.

»Wie bitte?«, rief er aufgebracht. »ICH soll stinken? Hab ihr euch selbst mal beschnuppert? Ihr stinkt wie ein Haufen verwester Fische!«

Dann richtete er seinen Zeigefinger auf das sumpfige Becken, aus dem ein leicht grünlicher Dampf aufstieg.

»Und was ist das? Eure Badewanne, in der ihr euch wälzt, um auch immer schön schmutzig und stinkend zu bleiben?«

»Du wirst gleich sehen, was das ist, Menschenwesen! Dies ist der Altar, auf dem du in wenigen Minuten unserem höchsten Gebieter geopfert wirst.«

Der Anführer hob den Stab in Richtung seiner Untergebenen und sogleich ertönte das leise Trommeln, begleitet von einer Art gezischtem Klagelied, zu dessen düsterer Melodie die Wesen sich schlangenähnlich hin und her bewegten. Zwei Reptilianer packten Pepe fest an den Armen und hoben ihn zum Rand des Beckens, wo der dickflüssige, übelriechende Inhalt bereits zu brodeln begann. Das schlammige Wasser war so trüb und schmutzig, dass Pepe nicht erkennen konnte, wodurch es aufgewühlt wurde. Der Priester, so etwas Ähnliches schien er zu sein, tauchte seinen Stab in die faulig stinkende Flüssigkeit und murmelte in einer fremden Sprache beschwörende Formeln in Richtung Becken.

Pepe Wolf war in einen Zustand tiefer Apathie verfallen und beobachtete alles, was um ihn herum geschah, wie der Zuschauer eines Films. Wie oft hatte er über seinen Tod nachgedacht. Er hatte sich in einem Feuergefecht mit der Mafia tödlich getroffen sterben sehen oder eingeschlossen in den Überresten seines demolierten Kleinwagens, nachdem er einen verrückt gewordenen Stuntman aus Hollywood verfolgt hatte. Oder auch mit einzementierten Füßen in den Neckar geworfen … immer von den gleichen Mafiosi. Auf alle Fälle handelte es sich immer um einen heldenhaften Tod, niemals um einen banalen Infarkt oder einen lächerlichen kleinen Tumor. Aber nie hätte er sich vorstellen können, in einem stinkenden dreckigen Wasserbecken, in dem reptiloide Monster vielleicht ihre Geschäfte verrichteten, sein Ende zu finden!

Langsam erhob sich ein riesiges Krokodil aus dem fauligen Sumpf. Besser gesagt, es schien ein Krokodil zu sein, nur stand es sicher auf seinen beiden Hinterfüßen.

Endlich hatte der Detektiv seinen Tod vor Augen: Er würde diesem monströsen obersten Wesen der Reptilianer zum Fraß vorgeworfen werden. Erleichtert seufzte er auf. Wenigstens kein banaler Tod! Wer weiß, vielleicht verschluckte sich das Monster auch an ihm und erstickte?!

Die Trommelwirbel wurden lauter und schneller. Dann schwang der Priester ein letztes Mal den Stab durch die Luft zum Zeichen, dass die beiden Henker ihn ins Becken werfen sollten. Pepe Wolf schloss die Augen und atmete tief ein: Geschehe, was geschehen soll! Adieu, grausame Welt!

Das ohrenbetäubende Geräusch berstender Scheiben ließ alle aufschrecken! Pepe blinzelte kurz und sah durch die bodentiefen, zerbrochenen Fenster vermummte Polizisten ins Wohnzimmer stürmen. Hinter ihm hatte das Einsatzkommando mit Getöse zunächst die Eingangstür und dann die Zimmertür niedergetreten. Besser nicht hinschauen! Er presste die Augen erneut zusammen und duckte sich noch tiefer nach unten.

»Hände hoch und keine falsche Bewegung!«, erklang endlich die so heiß ersehnte, bekannte Stimme seines Freundes. Gerettet!

»Sie haben das Recht zu schweigen«, fuhr Daniels Stimme fort, »alles, was Sie von jetzt an sagen, kann und wird vor Gericht gegen Sie verwendet werden.«

Dann spürte er die warme Hand seines Freundes auf der Schulter.

»Pepe! Alles in Ordnung?«

Der Detektiv öffnete endlich die Augen und blickte dem Kommissar immer noch verschreckt, aber um etliche Kilos erleichtert in die Augen.

»Was zum Teufel hast du dir dabei gedacht, alleine ins Haus einzudringen? Bist du lebensmüde?«, fiel Daniel erbost über ihn her.

»Ich bin doch gar nicht alleine eingedrungen, sie haben mich von draußen rein gezerrt!«, rechtfertigte sich Pepe, trotzig wie ein kleines Kind, das bei einem Schabernack erwischt worden war. Aber dann strahlte er den neben ihm knienden Polizisten an und brachte nur noch ein: »Danke, Daniel!« heraus.

»Na komm schon, mein Lieber!«, beruhigte ihn Daniel und half dem immer noch zitternden Freund auf die Beine. »Dank deiner Recherchen haben wir die Anführer dieser Bande festnehmen können! NSA und CIA suchen sie seit Jahren auf der ganzen Welt! Gute Arbeit!«

Als Pepe Wolf sich umsah, traute er seinen Augen nicht. Wo waren die ganzen Wesen mit den Reptilienköpfen? Verschwunden? Er sah nur ganz normale Männer im Raum stehen.

Das riesige Krokodil, das sich wenige Momente zuvor zum Trommelwirbel auf beiden Hinterbeinen im stinkenden Becken aufgerichtet hatte, stand nun als dicklicher Mann mit nacktem Oberkörper bis zur Brust eingetaucht im sumpfigen Wasser vor ihm.

Die beiden Henker rechts und links von Pepe und der Oberpriester wurden als erste in Handschellen abgeführt. Dann stiegen zwei Beamte ins Becken und zogen den nackten Anführer aus dem stinkenden Nass.

Pepe Wolf sah seinen Freund fragend an.

»Aber vor ein paar Minuten waren diese Wesen noch eine Art von Reptilien!«

»Ich weiß!«

»Du weißt?«

»Ja, ich weiß!«

»Und?«

»Nichts und!«, entgegnete Daniel. »Höchstes Staatsgeheimnis! Lass uns gehen!«

Dann verließen die beiden die alte Villa, schüttelten sich zum Zeichen des Einvernehmens fest die Hände und trennten sich.

Am Abend lag Pepe frisch geduscht mit einer Carbonara im Bauch auf dem Sofa. Heute hatte er eine gute Flasche Chianti entkorkt und genoss mit vollem Magen den herrlichen Rotwein. Der Detektiv zog die letzte seiner preziösen Havannas aus der Zigarrenschachtel, lies sie genüsslich vor seiner Nase hin und her gleiten und biss schließlich ein Ende ab – wie es Inspektor Columbo in seinen Serien immer vormachte. Er drehte die Zigarre genüsslich in seinem Mund, während er sie mit einem langen Streichholz langsam zum Brennen brachte. Nach den ersten tiefen Zügen legte er den Kopf zufrieden auf dem Kissen ab, nahm die Fernbedienung in die Hand und schaltete die Abendnachrichten ein.

Ein internationaler Empfang in Davos! Die Gäste applaudierten begeistert dem Redner zu. Die Filmkamera fokussierte zwei Regierungschefs, die sich die Hände schüttelten. Der Zoom vergrößerte die beiden lächelnden Gesichter ... und verharrte auf den beiden Augenpaaren!

Pepe Wolf gefror das Blut in den Venen. Zwei Augenpaare, vier markante Augen ... mit vier senkrechten, schlitzförmigen Pupillen!!!

2 – Eine Kur zum Fürchten

Wie hatte er diesen Auftrag nur annehmen können? Er war nun schon seit einer Stunde im Auto unterwegs. Einem initialen Atemzug ließ er einen tiefen Seufzer folgen. Aber um ehrlich zu sein, ein bisschen Geld in der Haushaltskasse war unbedingt von Nöten, so gemütlich es auch vor dem warmen Kamin mit einem Glas Rotwein in der Hand war! Noch ein letzter melancholischer Gedanke an sein gemütliches Zuhause in Wolfenhausen, dann wandte er sich wieder der Straße zu.

Das Navi zeigte noch zehn Kilometer an. November, Nebel und meterhohe Schneestäbe entlang der Straße, die nichts Gutes verhießen! An welch verlassenen Ort hatte ihn sein neuer Mandant nur gebeten? Die kurvige Straße, die sich mit fünfzehn Prozent Gefälle kilometerlang ins Tal schlängelte, schien den Hochalpen entsprungen zu sein und ähnelte in keinster Weise den ihm bekannten Schwarzwaldstraßen. Momentan lag noch kein Schnee, aber die ersten dunkelgrauen Wolken drohten bereits am Himmel. Wie sollte man hier jemals wieder herauskommen, wenn die ersten Schneeflocken den Weg zur Erde fanden? Gefangen, wie eine Maus in der Falle!

Im Tal angekommen wurde der Straßenverlauf zwar angenehmer, aber das Stimmungsbild blieb weiterhin deprimierend. Die Straße führte zwischen alten Kurhäusern und in fernen Zeiten sicher zahlreich besuchten Kliniken Richtung Ortsmitte. Er fühlte sich wie der einsame Cowboy in einem alten Western, der zwischen den vom Wind angetriebenen Steppenläufern in einen verlassenen Ort reitet ... nur die ganze Szene auf Schwäbisch: die Steppenläufer ersetzt durch abgefallene Blätter und kleine vertrocknete Äste, der Cowboy durch ihn persönlich und das zögernd trabende Pferd durch seinen tapferen Kleinwagen.

Das Navi zeigte noch dreihundert Meter, noch zweihundert Meter ... hundert Meter ... dann lag die Klinik, in der sein neuer Mandant arbeitete, vor ihm, direkt gegenüber der Dorfkirche. Das *Reha-Paradies*, so hieß die medizinische Einrichtung gleich neben dem Schöpfer eines anderen Paradieses!

»Sie haben Ihr Ziel erreicht«, ertönte die flötende weibliche Stimme seines Navis!

Zehn Minuten später stand der Detektiv im modern eingerichteten Eingangsbereich der Klinik, in dem sich lederne Sitzgelegenheiten mit Grünpflanzen und kristallenen Dekorationsgegenständen abwechselten. Man erkannte sofort, dass dieses Rehabilitationszentrum sicher nur von einem geringen Teil der Bevölkerung besucht werden konnte. Hinter einer mindestens fünf Meter breiten Rezeption empfingen zwei bildhübsche, elegant gekleidete Damen die ankommenden Patienten.

»Guten Tag! Mein Name ist Pepe Wolfl! Herr Dr. Rank erwartet mich!«

»Guten Tag, Herr Wolf, schön Sie bei uns empfangen zu dürfen. Wenn Sie einen Moment Geduld hätten, ich prüfe es gleich nach«, und tippte kurz auf die Tastatur ihres Computers.

Nach einigen Augenblicken blickte die brünette Dame vom Monitor auf und säuselte ihm mit einem Mona-Lisa-Lächeln zu:

»Sie haben einen Termin um 12:00 Uhr in Zimmer 1321! Gebäude eins, dritter Stock! Den Aufzug finden Sie um die Ecke im Korridor, Herr Wolf!«

Gesagt, getan!

Kurze Zeit später stand Pepe vor der Tür mit der Aufschrift 1321. Es war fast 12:00 Uhr. Er klopfte kurz an die Tür. Keine Antwort, kein Geräusch! Er ging ein paarmal auf dem Korridor auf und ab und klopfte erneut, diesmal etwas energischer, aber nichts geschah, keine Regung. Diesmal öffnete er die Tür und sah in das Zimmer: leer!

Also nahm er auf einem der Ledersessel Platz, die vor dem Zimmer aufgereiht waren: besser bequem sitzen als unbequem stehen. Es herrschte absolute Stille, bis auf die leise Hintergrundmusik, die aus verborgenen Lautsprechern in allen Gängen zu hören war. Er lehnte sich gemütlich

zurück und schloss die Augen. Fast wäre er zufrieden lächelnd einge-
nickt, als ein ohrenbetäubendes Geräusch ihn plötzlich zusammenfahren
ließ: Zwölf Uhr Mittag, der Herr Pfarrer musste sein Bestes geben … und
tat es mit vollem Einsatz! Nach dem ersten Glockenschlag folgten viele
weitere und das Läuten schien kein Ende nehmen zu wollen. Vom Herrn
Doktor weiterhin keine Spur! Endlich hatte sich der Geistliche ausgetobt,
die Glocken wurden langsam müde, verstummten schließlich und es trat
erneut Stille ein.

In diesem Moment – pünktlich wie die Maurer, obwohl Arzt, schoss
es Pepe durch den Kopf – ging die Tür des Nachbarzimmers auf und ein
Mann trat auf den Flur. Groß, mit einer Brille im lustigen Gesicht, das
von dunklen Haaren umrandet war, kam er in weißer Kleidung, ein paar
Unterlagen vor sein nettes Bäuchlein haltend, auf ihn zu.

»Guten Tag, Herr Wolf! Schön, Sie in unserem Paradies empfangen
zu dürfen«, sagte der Arzt und öffnete die Tür, durch die Pepe ein paar
Minuten zuvor ins Zimmer geschaut hatte.

»Guten Tag, Herr Dr. Rank!«, erwiderte der Detektiv und folgte dem
etwas größeren Mann ins Behandlungszimmer. Er schloss die Tür hinter sich und überlegte. An wen erinnerte ihn dieser Arzt? Diese Körperhaltung, der leicht gekrümmte Rücken, der Bauchansatz? Als der neue
Mandant hinter und der Detektiv vor dem Schreibtisch Platz genommen
hatten und der Arzt ihn anlächelte, fiel es Pepe ein: Mr. Bean. Natürlich! Das Genie der kurzen Sketche! Nicht nur die äußere Erscheinung,
sondern auch sein ganzes Wesen mit dem schelmischen Blick rief ihm
immer wieder den englischen Meister der lustigen Kurzgeschichten ins
Gedächtnis.

Mr. Bean … Blödsinn … natürlich. Dr. Rank legte beide Ellenbogen auf
den Schreibtisch und lehnte sich nach vorn, unserem Detektiv entgegen.

»Herr Wolf, ich werde Sie nicht lange aufhalten. Ich möchte Ihnen kurz
erklären, um was es geht, und dann können Sie selbst entscheiden, ob Sie
mich für einen verrückten Spinner halten, wieder in Ihr Auto steigen und
nach Hause fahren, oder ob Sie denken, dass an meinen Befürchtungen
irgendetwas Wahres dran sein könnte. Falls der zweite Fall eintreffen

sollte, engagiere ich Sie ab sofort mit den Nachforschungen. Sie müssten dennoch nach Hause fahren, um sich ein paar Sachen für die nächsten Wochen einzupacken.«

»Die nächsten Wochen?«, fragte Pepe verblüfft.

»Na ja, sagen wir mindestens für die nächsten zehn Tage! Aber nun lassen Sie mich berichten!«

Dann begann der Oberarzt mit einer längeren Schilderung der Ereignisse, die ihn dazu geführt hatten, Pepe Wolf zu kontaktieren.

»Vor ein paar Wochen fiel einer unserer Patienten in eine Art Bewusstlosigkeit. Wir hatten es zunächst nicht bemerkt, da es in der Nacht geschah. Erst als der Herr nicht zum Frühstück erschien, sind wir in sein Zimmer gegangen und fanden ihn in einem komatösen Zustand. Er atmete langsam und regelmäßig, sein Herz schlug ganz normal, er hatte keinerlei Anzeichen einer Verletzung, keinen Ausschlag, kein Fieber, nichts. Er schien einfach ruhig zu schlafen, nur tat er dies so tief, dass er nicht geweckt werden konnte.«

Dr. Rank stand auf und begann im Zimmer auf und ab zu gehen.

»Da der Direktor unserer Einrichtung ebenfalls einer Privatklinik in der Nähe vorsteht, haben wir uns entschieden, den Patienten schnellstmöglich dorthin zu verlegen, um anhand einer Reihe von Untersuchungen abzuklären, woran er erkrankt war und wie wir ihm am besten helfen konnten.«

»Warum nicht in ein öffentliches Krankenhaus?«, musste Pepe einem spontanen Impuls folgend fragen.

»Das nächste größere Krankenhaus mit ausreichend medizinischer Ausrüstung für spezielle Untersuchungen befindet sich in Offenburg. Und da unsere Patienten sowieso alle privat versichert sind oder aus eigener Tasche zahlen, schien uns die Verlegung in das naheliegende, mit den modernsten medizintechnischen Geräten ausgerüstete Krankenhaus die schnellste und beste Lösung.«

»Schien?«, unterbrach ihn der Detektiv, der jedes Wort des Arztes aufmerksam verfolgt hatte.

»Ja, schien! Wenigstens mir zu diesem Zeitpunkt!«, erwiderte Dr. Rank, der wieder hinter dem Schreibtisch Platz genommen hatte. »Aber lassen Sie mich fortfahren, dann werden Sie am Ende sicher die Wahl meiner Worte verstehen.«

Pepe nickte zustimmend und lehnte sich zurück.

Der Arzt schilderte, dass der Patient in die Privatklinik verlegt wurde, wo er Stunde zu Stunde immer mehr seiner lebenswichtigen Gehirnfunktionen verlor. Zuletzt konnte er nur noch mit Unterstützung medizinischer Maschinen am Leben gehalten werden und es wurde der Hirntod festgestellt.

»Aber man muss doch irgendeinen Grund für das langsame Sterben dieses Mannes diagnostiziert haben!«, unterbrach Pepe den Bericht seines Gegenübers.

»Nein, leider nicht. Obwohl er den unterschiedlichsten modernsten Untersuchungen unterzogen wurde, konnte man keinen ersichtlichen Grund für den komatösen Zustand finden.«

Dr. Rank hob in einer trostlosen Geste beide Schultern und schwieg einen Moment.

»Das bedeutet, Sie konnten nichts für den Patienten tun?«

»Nein, Herr Wolf, leider nicht. Nach mehreren Tagen wurde eindeutig der Hirntod festgestellt und da der Patient einen Organspendeausweis bei sich trug, wurde sein Körper zur Organspende freigegeben.«

Wieder schwieg der Arzt sichtbar betreten, so dass sich erneut Pepe zu Wort meldete.

»Entschuldigen Sie, Herr Dr. Rank, aber ich verstehe beim besten Willen nicht, was ich mit der Sache zu tun haben sollte.«

Der Arzt sah dem Detektiv in angespannter Haltung tief in die Augen. Die totale Stille, die das Zimmer einen Moment lang erfüllte, war ohrenbetäubend!

»Das Gleiche ist in den letzten zwei Monaten vier Mal passiert!«, lautete die Antwort des Arztes.

Pepe Wolf stieß vor Überraschung einen leisen Schrei aus.

»Viermal in zwei Monaten, das heißt alle zwei Wochen ein Toter?«

»Ja, Herr Wolf! Alle zwei Wochen ein Toter!«

»Ohne plausiblen Grund?«

»Ohne plausiblen Grund!«, bestätigte Dr. Rank. »Oder besser gesagt, ohne plausible medizinische Ursache!«

»Sie jedoch könnten sich einen Grund vorstellen?«, hakte Pepe Wolf nach.

»Ja, und deshalb habe ich Sie hierher gebeten!«

Erneut stand Pepes Gesprächspartner auf und begann mit am Rücken gekreuzten Armen auf und ab zu gehen. Er schien mit sich selbst zu sprechen.

»Wir haben vier verstorbene Patienten unterschiedlichen Alters und unterschiedlichen Geschlechts. Alle vier waren laut Eingangsuntersuchung, die ich persönlich an zwei der Opfer ...«, der Arzt räusperte sich kurz, »... entschuldigen Sie meine Ausdrucksweise, aber ich muss sie einfach so bezeichnen ... also an zwei der Opfer habe ich persönlich die Untersuchung zu Beginn der Rehabilitation durchgeführt. Sie waren bis auf ihre orthopädischen Probleme kerngesund. Ein junger Mann, der bei einem Motorradunfall einen Schulterbruch erlitten hatte, und eine Dame mittleren Alters, deren Wirbelsäule immer wieder Probleme bereitete. Aber das war es dann auch! Kein Übergewicht, keine Vorerkrankungen, keine Herz-Kreislaufbeschwerden, keine psychischen Komplikationen. Nichts! Einfach kein Symptom, auf welches ein plötzlicher körperlicher Zusammenbruch zurückzuführen war.«

»Und das bedeutet?«, bohrte der Detektiv weiter.

Dr. Rank setzte sich erneut in seinen Ledersessel hinter dem Schreibtisch.

»Das bedeutet ...«, er hielt noch einmal inne und überlegte kurz. »Sehen Sie, Herr Wolf, das mag für einen Außenstehenden unvorstellbar klingen, aber ich vertraue dem Führungsteam dieser Klinik nicht mehr. Vielleicht liege ich völlig falsch mit meinen Verdächtigungen, aber meine Befürchtungen haben sich Woche für Woche bestätigt. Und ich stehe hilflos daneben und kann nichts tun.«

»Dann gehen wir Schritt für Schritt vor und versuchen, ein wenig Klarheit in die Angelegenheit zu bringen«, sagte Pepe und zog seinen Notizblock heraus. »Sie sagen, dass Sie dem Führungsteam nicht mehr vertrauen. Wie setzt sich dieses Team denn zusammen?«

»Direktor und Geschäftsführer unserer Klinik ist der Chefarzt Dr. Krämer, Spezialist in Orthopädie und Geriatrie, der nach seinem Medizinstudium noch ein Fernstudium der BWL abgeschlossen hat. Er nimmt wie bereits erwähnt ebenfalls eine leitende Rolle in dem privaten Krankenhaus ein, in das alle vier Patienten verlegt wurden.«

Pepe Wolf notierte stichpunktartig alle Informationen.

»Die leitende Oberärztin ist Frau Dr. Bergmann, die auf Innere Medizin spezialisiert ist und eine Weiterbildung zum Facharzt der Mikrobiologie vorzuweisen hat. Das dritte Mitglied des Triumvirats ...«, der Arzt unterbrach sich einen Moment und lachte kurz auf, »... auch wenn einer im *Bund der drei Männer* eine Dame ist ... heißt Dr. Schuster. Er besitzt zwar ebenfalls einen Doktortitel, jedoch nicht im medizinischen Bereich. Herr Schuster hat in Wirtschaftswissenschaft promoviert und leitet den finanziellen Sektor der Klinik, von der Buchhaltung zum Rechnungswesen, von allen Einkäufen hin bis zu den Gehältern des Klinikpersonals.«

»Das heißt, alle wichtigen Entscheidungen für dieses Unternehmen, wenn ich es so nennen darf, werden ausschließlich von diesen drei Personen getroffen?«, fragte Pepe und schrieb weiter mit.

»Nein, so einfach ist es nun auch wieder nicht. Eigentlich müssen größere organisatorische und finanzielle Projekte zunächst von einem Gremium von weiteren zehn Mitgliedern abgenickt werden, das sich aus Ärzten und den Leitern einzelner Bereiche wie Physiotherapie, Bautechnik, aber auch der Küche zusammensetzt, dem auch ich angehöre.«

Pepe hielt einen Moment inne und sah sein Gegenüber etwas überrascht an.

»Und warum sprechen Sie dann von fehlendem Vertrauen und Befürchtungen, wenn Sie doch in erster Person bei allen Beschlüssen miteinbezogen werden?«

»Nicht bei allen, Herr Wolf, nicht bei allen. Das Statut der Klinik sieht vor, dass in absoluten Notfällen wie zum Beispiel Naturkatastrophen, unvorhergesehenen Unfällen ... sagen wir eine Explosion im Inneren der

Klinik ... einem längeren Blackout oder der Lebensbedrohung einzelner Bewohner oder Angestellter das Trio als Krisenstab eigenmächtig sofortige Entscheidungen treffen kann, ohne die Zustimmung dieses Gremiums.«

»Wie im Fall der vier komatösen Patienten!«

»Exakte Schlussfolgerung!«

»Nun fehlt nur noch ein Punkt, Herr Dr. Rank«, fuhr der Detektiv fort und sah dem Arzt direkt in die Augen. »Wie lautet Ihr eigentlicher Verdacht?«

Man merkte, wie schwer dem Mann die folgenden Worte fielen und wie heftig sich sein gesamtes Inneres gegen die Beschuldigung aufbäumte. Nun war er es, der dem Detektiv fest in die Augen blickte, so als wolle er sich an irgendetwas festhalten, um beim lauten Aussprechen seines Verdachts nicht hinweggerissen zu werden.

»Organhandel!«, hallte das Wort im ganzen Raum wider.

Stille!

Pepe legte seinen Kugelschreiber auf dem Notizblock ab und ließ sich in die Lehne zurückfallen.

»Organhandel?«, murmelte er leise vor sich hin und sein Gesichtsausdruck wechselte von totaler Bestürzung in tiefe Nachdenklichkeit.

»Ja, Herr Wolf, so lautet mein Verdacht und deshalb habe ich Sie hierher gebeten.«

Dr. Rank gewann langsam seine Fassung zurück.

»Organhandel und vorsätzlicher Mord. Denn alle vier Patienten wurden meiner Ansicht nach bewusst in den komatösen Zustand versetzt. Auf welche Art und Weise, ist mir noch völlig schleierhaft, aber ich bin fest davon überzeugt. Alle vier erlitten zuletzt den Hirntod, die erste Voraussetzung für eine Organspende. Alle vier waren kerngesund, zweite perfekte Grundlage für eine Organentnahme. Alle aus verschiedenen Altersgruppen, je nach Nachfrage auf dem Markt. Allen wurden alle entnehmbaren Organe und Gewebe entnommen, um möglichst viel Geld aus jedem Opfer herauszuholen ... im wahrsten Sinne des Wortes. Entschuldigen Sie meinen Zynismus, aber mir wird bei dem Gedanken ganz schlecht!«

Nun war auch unser lieber Wolfenhausener Detektiv sprachlos! Dass skrupellose Menschen sich über ethische und moralische Grundsätze hinwegsetzten, erlebte er fast jeden Tag bei der Lösung seiner Fälle. Dass es bei der Organvergabe aus finanziellen Motiven manchmal zu kriminellen Ungereimtheiten kam, war bekannt. Aber dass Ärzte bewusst den Tod ihrer Patienten hervorrufen sollten, um dann die Organe derselben entnehmen und verkaufen zu können, war wirklich eine der entsetzlichsten Anschuldigungen, die er in seinem Leben gehört hatte. Man lernte eben niemals aus … in diesem Fall leider!

»Mir auch, glauben Sie mir!«, bestätigte Pepe Wolf nach einer längeren Gedankenpause beider Anwesenden. »Wie haben Sie sich meine Unterstützung vorgestellt?«

»Ich denke, dass Sie sich als Patient in unsere Klinik einweisen lassen sollten. Da wir nur Privatpatienten und Selbstzahler aufnehmen, gibt es keine Probleme mit der Krankenkasse. Alle Rechnungen, die die Klinik an Sie ausstellt, werde ich natürlich bezahlen zuzüglich ihres Honorars, das ich heute noch an Sie überweisen werde. Ich sorge natürlich dafür, dass ich während ihres gesamten Aufenthaltes ihr behandelnder Arzt sein werde und Sie mich problemlos kontaktieren können. Nun müssen wir noch ein Krankheitsbild finden, das Ihre Einlieferung in unsere Struktur rechtfertigt.«

Der Arzt warf Pepe einen prüfenden Blick zu und fuhr fort: »Wenn ich Sie mir so ansehe, scheinen Sie sich bester Gesundheit zu erfreuen! Was sollen wir denn in Ihr Aufnahmeformular schreiben?«

Bei diesen Worten zog er ein Blatt Papier aus der Schublade, nahm einen Kugelschreiber in die Hand und wartete, bereit zum Schreiben, auf Pepes Antwort.

»Sie haben es gerade ausgesprochen, Herr !«, entgegnete der zukünftige Patient.

»Was habe ich ausgesprochen?«

»Meine Krankheit!«

Dr. Rank ließ den Kugelschreiber wieder fallen und sah Pepe Wolf verblüfft an.

»Aber … Herr Wolf, wir haben über keine spezielle Krankheit gesprochen, wenn ich mich nicht irre!«

»Meine eiserne Gesundheit, das ist meine Krankheit!«

»Sie sind wirklich ein Spaßvogel!«, lachte Dr. Rank. »Ich schätze Ihren Humor, aber ich denke nicht, dass man eine eiserne Gesundheit als Krankheit bezeichnen kann.«

»Sie sind eben ein ganz normaler Mensch, ich hingegen bin es nicht. Ich habe niemals einen Schnupfen, niemals Halsschmerzen, niemals Magenkrämpfe, während all meine Freund und Bekannten um mich herum ununterbrochen über ein anderes Wehwehchen klagen. Sie können sich nicht vorstellen, wie abnormal man sich fühlt, wenn man nie, einfach nie krank ist. Und genau dies macht mich krank!«

»Es macht Sie krank, nicht krank zu sein?«, wiederholte der Arzt fassungslos.

»Ja!«, lautete die klare Antwort des Detektivs. »Es ist einfach nicht möglich, dass die Ärzte einem Mann, der die Vierzig überschritten hat, bei jeder Kontrolluntersuchung sagen, dass er kerngesund ist und sie nicht die kleinste Abweichung von der Norm gefunden haben.«

Der Arzt schüttelte den Kopf.

»Ich verstehe beim besten Willen nicht, worauf Sie hinaus wollen, Herr Wolf.«

»Sehen Sie, Dr. Rank, jeder von uns bekommt irgendwann einmal die Rechnung präsentiert. Einige bezahlen sie auf Raten. Sie haben immer wieder eine neue Krankheit, eine summiert sich zur anderen und irgendwann ist das Maß voll und der Körper ist zu geschwächt, um weiterleben zu können. Andere Menschen zahlen alles auf einmal. Sie scheinen kerngesund zu sein, haben nie unter irgendwelchen Krankheitssymptomen gelitten und eines Tages ...puff … fallen sie völlig unerwartet tot um, ohne die geringste Vorwarnung. Und genau davor habe ich Angst, eine Höllenangst!«

Pepe hatte sich durch seinen Monolog selbst in eine Art Angstzustand hineingeredet. Er war weiß wie eine Wand und der kalte Schweiß lief ihm aus jeder Pore.

»Schauen Sie mich an, Herr , und dann sagen Sie mir, dass das keine Krankheit ist!«

»Aber Herr Wolf, nun beruhigen Sie sich doch. Sie sind nicht der einzige Mensch, der – Gott sei Dank – in diesem Alter noch keine großen körperlichen Beschwerden hat. Deshalb müssen Sie sich doch psychisch nicht kaputtmachen. Also, dann schreiben wir in Ihre Akte: mittelschwere Depression wegen ... hm ... wegen ...«

»... wegen des Churchill-Syndroms! Genau! Schreiben Sie: wegen des Churchill-Syndroms!«

»Und was bitte soll das sein?«, fragte der Arzt neugierig.

»Churchill hat ununterbrochen Zigarren geraucht und sehr viel Whiskey getrunken, war sein Leben lang kerngesund und ist neunzig Jahre alt geworden! So ähnlich wird vielleicht mein Leben verlaufen ...«, sagte Pepe und fügte schmunzelnd hinzu: »Nur ziehe ich einem Scotch Whiskey eine gute Flasche Montepulciano vor!«

Der Chefarzt schüttelte erneut den Kopf und sah den wieder auflebenden Detektiv erleichtert an.

»Also gut, dann schreiben wir einfach Churchill-Syndrom in den Aufnahmebogen!«, sagte er und konnte sich bei dem Gedanken ein Lächeln nicht verkneifen. »Ich sehe schon die fragenden Blicke meiner Kollegen vor mir!«

Am Dienstagmorgen stand Pepe Wolf erneut an der Rezeption des Reha-Paradieses, diesmal vor einer bildhübschen Blondine, über deren adrett eingepackten Rundungen ein Namensschild mit der Aufschrift *Monika* prangte.

»Guten Morgen, was kann ich für Sie tun?«, flötete ihm die blonde Schönheit entgegen.

»Guten Morgen, Monika, mein Name ist Pepe Wolf. Nach Rücksprache mit Herrn Dr. Rank vor ein paar Tagen soll ich heute meine zweiwöchige Rehabilitation in der Klinik starten. Meine Daten müssten bereits in Ihrer Datenbank zu finden sein.«

»Ich schaue gleich nach, Herr Pepe Wolf«, skandierte Monika den Namen und wandte sich dem Monitor zu. »Interessanter Name: Pfeffer italienisch und deutsches Tier. Ach, Sie wohnen auch noch in Wolfenhausen. Lustiger Zufall!«

Zwar blond und hübsch, aber auf den Kopf gefallen schien die Dame nicht zu sein!

»Ich habe all Ihre Daten gefunden. Perfekt! Dann können Sie gleich auf Ihr Zimmer gehen: Nummer 1302! Gebäude eins …!«

»… dritter Stock«, unterbrach sie Pepe, »ich weiß!«, und sah der überraschten Blondine lächelnd in die Augen. »Ich bin kein Hellseher! Ich war nur vor ein paar Tagen im Zimmer von Dr. Rank, das ganz in der Nähe liegen muss!«

»Ach so!«, lachte Monika. »Na, dann kennen Sie ja den Weg!«, fuhr sie professionell fort. »Vor dem Mittagessen schauen Sie bitte im Labor vorbei, das im Korridor vor Dr. Ranks Zimmer liegt. Dort werden der Blutdruck gemessen und ein EKG gemacht. Blutabnahme morgen früh nüchtern! Sie finden alle Termine im Wochenplan, den ich Ihnen bis 15:00 Uhr in Ihr Fach lege.«

Dabei deutete sie auf eine riesige Wand seitlich der Rezeption, an der sich eine Unmenge von kleinen abschließbaren Fächern befand.

»Und hier noch Ihre Schlüssel, Herr Wolf! Zimmerschlüssel, Hausschlüssel und dieser kleine ist für das Schließfach!«, sagte die junge Mitarbeiterin und reichte Pepe den Schlüsselbund. »Hausplan und Hausordnung finden Sie auf dem Zimmer, ebenfalls TV und Laptop mit Internetzugang!«

Der Neuankömmling bedankte sich und schob seinen Gepäckwagen mit Koffer und Tasche zum Aufzug. Kurz darauf öffnete er die Tür zu Zimmer 1302. Pepes Herz klopfte aufgeregt. Wo würde er die nächsten beiden Wochen seines Lebens verbringen? Er trat in eine Art Vorzimmer, in dem sich die Garderobe, ein großer Wandschrank und eine Kommode befanden. Er ließ das Gepäck stehen und schaute sich neugierig um. Am Ende des Eingangsbereiches führte eine Tür in das große helle Bad. Woow! Die große Eckbadewanne mit Duschvorrichtung verlockte sicher jeden Gast, sofort ein warmes Bad zu nehmen. Er würde es heute Abend gleich nachholen. Durch einen offenen Rundbogen gelangte man in das eigentliche Zimmer. Es war sehr groß, mit mehreren römischen Fenstern ausgestattet und durch die Einrichtung in drei Bereiche eingeteilt: das Schlafzimmer mit einem riesigen Doppelbett, eine Schreibecke mit Tisch und Stuhl und eine Sitzecke mit einem Zweisitzer und einem einzelnen Sessel, natürlich wie in der Rezeption alles aus Leder. Auf dem Schreibtisch stand ein Laptop und an der Wand gegenüber dem Bett hing ein riesiger Flachbildfernseher. Pepe seufzte erleichtert. Hier konnte man es aushalten! Er sah aus dem Fenster und stellte mit Zufriedenheit fest, dass das Zimmer zur hinteren Parkanlage und zum Wald hin zeigte und nicht zur Straße, wo der Herr Pfarrer den mit Glocken bestückten Kirchturm regelmäßig zum Erklingen brachte. Perfekt!

Und nun auf zur Arbeit!

Er ließ Koffer und Tasche unberührt im Zimmer stehen und machte sich auf die Suche nach dem Labor. Die Tür von Zimmer 1310 stand offen. Gefunden! Er steckte vorsichtig den Kopf hinein und sah sich um.

»Noch einen Moment, ich bin gleich für Sie da«, ertönte die Stimme der Krankenschwester aus dem Nebenraum, dessen Tür nur angelehnt war. »Nehmen Sie kurz draußen Platz!«

Pepe setze sich auf einen der Stühle, die im Korridor für die wartenden Patienten aufgereiht waren. Nach ein paar Minuten kam eine Frau seines Alters aus dem Labor. Gut gebaut, sportlich gekleidet, feine Gesichtszüge mit einer lustigen Stupsnase und dichten, kurzgeschnittenen Haaren. Die angenehme Erscheinung grüßte und verschwand einen Moment später im Aufzug.

Pepe sah der hübschen Dame gedankenversunken hinterher, als ihn die Laborassistentin mit einem Blatt Papier in der Hand aus seinen Träumen riss.

»Guten Tag! Ihr Name bitte!«

»Pepe Wolf!«, gehorchte der Neuankömmling der resoluten kräftigen Mitarbeiterin, die seinen Namen sofort in der Liste fand und abhakte.

»Kommen Sie, Herr Wolf, wir messen zunächst den Blutdruck und machen dann ein EKG. Krempeln Sie sich bitte den linken Ärmel hoch.«

»Achtzig zu Hundertzwanzig! Perfekt!«, war nach einer Minute der kurze Kommentar der medizinischen Assistentin. »Machen Sie bitte Ihren Oberkörper frei und steigen Sie auf das Ergometer in der Ecke!«

Befehl ausgeführt! Dann wurde Pepe durch einige Elektroden auf beiden Seiten des Brustkorbs mit dem Elektrokardiogramm verbunden und die Krankenschwester startete das Messgerät.

»Sie fahren einfach los, Herr Wolf. Ich werde alle paar Minuten den Widerstand erhöhen, bis Ihr Puls die Frequenz von hundertvierzig erreicht. Danach vermindere ich den Widerstand wieder und wir kontrollieren, wie schnell sich Ihr Körper von der Anstrengung erholt. Bereit?«

Fast hätte Pepe die ausgestreckte geschlossene Hand zur Stirn geführt und »Jawohl, Sir!« gesagt, aber dann nickte er nur kurz und begann, in die Pedale zu treten. Nach zehn Minuten hatte er auch diese Prozedur hinter sich gebracht.

»Das Ergebnis erhalten Sie morgen während Ihres Eingangsgesprächs mit Herrn Dr. Rank«, sagte die Dame und fügte in der Absicht, ihn zu beruhigen, mit einem Augenzwinkern hinzu: »Sieht aber gut aus!«

Wie sollte es anders sein!, war Pepes einziger Gedanke, dann verließ er mit einem Seufzer das Labor.

Als er auf den Korridor getreten war, startete der Herr Pfarrer das volle Glockenprogramm … jeden Tag um 12:00 Uhr. Wenigstens war es dank des ohrenbetäubenden Geräusches unmöglich, dass die Patienten während ihres Aufenthaltes in der Klinik ein einziges Mal das Mittagessen vergessen konnten!

Pepe fuhr mit dem Aufzug ins Erdgeschoss, wo sich Küche und Speisesaal befanden. Das typische Ambiente: ein riesiger Saal mit vielen aneinandergereihten Tischen. Kalt, neutral, ungemütlich, aber sauber! Eine zur Kantine gehörende Dame kam gleich auf ihn zu und führte ihn zu seinem Platz, zum Glück an einem der wenigen Tisch an der Seitenwand des Raumes, an dem maximal drei Personen sitzen konnten, während sich in der Mitte sechs Reihen mit jeweils achtzehn Sitzplätzen befanden. Die Mitarbeiterin zeigte ihm, wie das Buffet organisiert war, und fügte einige Informationen bezüglich des Abendessens und Frühstücks hinzu.

Dann war er sich selbst überlassen. Pepe nahm ein Tablett und bestückte es Schritt für Schritt mit Suppe, Hauptspeise, Salat und einem Getränk. Das Essen sah nicht schlecht aus, nun musste es nur noch akzeptabel schmecken.

Als er mit seinem XXL-Tablett an den Tisch zurück kam, stellte er mit freudiger Überraschung fest, dass die nette Dame, die vor ihm das Labor verlassen hatte, am gleichen Tisch Platz genommen hatte. Heute war scheinbar sein Glückstag!

Er stellte das Tablett etwas unbeholfen auf dem Tisch ab, so dass die Suppe fast aus dem Teller schwappte … bewusst unbeholfen, da Pepe davon überzeugt war, dass viele Frauen eine gewisse Sympathie für hilflose Männer aufbauten und er den Mutterinstinkt in ihr wecken wollte. In der Tat erhob die Dame ihren Blick und lächelte Pepe Wolf amüsiert an.

»Nervös?«

Der Detektiv setzte eine leidende Miene auf und antwortete:

»Ich habe gerade erfahren, dass ich an dem Churchill-Syndrom leide«, gestand er seiner Tischnachbarin, während er mit dem Löffel seine Suppe umrührte.

»Churchill? Der bekannte englische Politiker?«, fragte die Dame weiterhin vergnügt.

»Genau der!«, gab Pepe zu und schlürfte einen Löffel Suppe.

»Und was ist so schlimm an diesem Syndrom?«

»Dass er hundert Jahre alt geworden ist!«

»Und worüber beklagen Sie sich dann?«, fragte die Dame überrascht. »Sie müssten doch glücklich darüber sein!«

»Na ja, unter der Bedingung, ununterbrochen kubanische Zigarren zu rauchen und täglich eine Flasche Whiskey zu trinken!«

Die Dame begann aus vollem Herzen zu lachen.

»Ganz schön spaßig, Herr … Herr …?«

»Herr Wolf, Pepe Wolf!«, stellte sich der Detektiv vor und fügte mit einem Lächeln hinzu: »Mehr schön als spaßig!«

Dann schob er seine Gabel mit einem Stück Braten bestückt in den

Mund, darauf bedacht, dass ein Tropfen Soße auf seinem hellen Hemd endete.

Und prompt erfolgte die Reaktion seiner Tischnachbarin.

»Wenn Sie so weitermachen, werden Sie bald nicht nur schön spaßig, sondern ebenfalls schön verschmiert sein!«, scherzte die Dame und lächelte Pepe entgegen.

»Ja, ich weiß, ich bin ein echter Chaot«, bestätigte Wolf und hob entschuldigend die Schultern. »Irgendwann habe ich mich damit abgefunden und versuche nun, durch meine Unbeholfenheit zu trumpfen!«, und das war sogar die Wahrheit.

Dann sah er vom Teller auf und blickte seinem Gegenüber direkt in die Augen.

»Darf ich fragen, welches Problem Sie in diese Klinik geführt hat?«

Die Frau legte den Löffel, mit dem sie seit mehreren Minuten in der Suppe herumrührt hatte, neben dem Teller ab.

»Appetitlosigkeit aufgrund einer schwerwiegenden Depression, Herr Wolf. Vielleicht haben Sie bemerkt, dass ich keinen Bissen herunterbekommen habe. Und bevor mein Körper allzu sehr leidet, habe ich es vorgezogen, ärztliche Hilfe in Anspruch zu nehmen.«

Dann stand sie auf und nahm das Tablett vom Tisch.

»Ich heiße übrigens Regina Blum und es war mir ein Vergnügen, Sie kennenzulernen, Herr Wolf!« Dann entfernte sie sich Richtung Ablage. Nach einigen Schritten blieb sie stehen, drehte sich noch einmal um und sagte:

»Ein Vergnügen, das mich bereits ein wenig aus meinem dunklen Loch herausgezogen hat. Ich freue mich schon auf unser nächstes Treffen!«

Und dann ließ sie den überraschten, ein wenig stolzen Detektiv mit seinem Teller allein.

»Hast Du den Bericht dieses Patienten gelesen?«, fragte die Ärztin und schob die Akte über den Schreibtisch ihrem Kollegen zu. Sie ließ dem Arzt etwas Zeit, um sich die einzelnen Ergebnisse der Eingangsuntersuchungen anzusehen, dann beugte sie sich zu ihm hinüber und sah ihm fest in die Augen.

»Ist dir bewusst, dass dieser Neuankömmling völlig gesund zu sein scheint? Alles ist perfekt: Blutwerte, EKG, Lungenfunktion. Keinerlei negative Abweichungen. Ein Mann um die fünfzig mit einem Körper wie ein Zwanzigjähriger. Phantastisch!«

Dr. Krämer blätterte erneut die einzelnen Seiten des Berichts um und nickte. »Du hast recht! Kaum zu glauben … aber wahr! Der perfekte Kandidat für uns!«

»Ja, ein Träumchen! Einen geeigneteren konnten wir nicht finden!«, bestätigte Frau Dr. Bergmann. »Und hast du seine privaten Daten gelesen? Ledig, keine Kinder, Eltern verstorben, keine näheren Verwandten, arbeitet als Selbstständiger ohne irgendeinen Partner. Bingo!«

»Das einzige Problem könnte Dr. Rank werden, der ihn offiziell betreut. Wir müssen den Patienten irgendwie unter unsere Fittiche bekommen. Welchen Grund könnten wir ihm nennen?«, sagte der Arzt eher zu sich selbst als zu seiner Gesprächspartnerin.

»Als Chefarzt solltest du damit keine Probleme haben!«, erwiderte seine Kollegin. »Schick ihn mir einfach in die Praxis für eine zusätzliche, hygienisch bedingte Untersuchung. Dann finde ich als Mikrobiologin irgendeinen zwar ungefährlichen, aber zu behandelnden Pilz und schon ist er in meiner Obhut. Was meinst du?«

»Klingt gut! Meine Zustimmung hast du. Ich rede mit Dr. Rank und sage ihm, dass du noch zwei, drei zusätzliche Tests durchführen möchtest.«

Nach diesen Worten erhob er sich und ging zur Tür.

»Jetzt gehe ich erst mal frühstücken. Heute Nachmittag hast du Herrn Wolf in deinem Sprechzimmer. Wann ist es dir am liebsten?«

»Vor dem Mittagessen wäre besser«, entgegnete die Ärztin. »Nachmittags habe ich schon alle Termine voll!«

»Okay! Ich gebe es gleich an Dr. Rank weiter! Bis später!«, und er schloss die Tür hinter sich.

»Guten Morgen, Frau Blum!«, begrüßte Pepe Wolf seine Tischnachbarin und setzte sich mit vollem Frühstückstablett an seinen Platz. »Hoffentlich haben Sie die erste Nacht in der neuen Umgebung gut geschlafen.«

»Hallo Herr Wolf! Na ja, so lala, wie immer wenn ich in einem anderen Bett als dem meinen schlafe. Werde mich schon dran gewöhnen! Und Sie?«

»Danke, bis auf die Kirchturmglocken, die mich um sieben Uhr geweckt haben. Aber daran werde *ich* mich wohl gewöhnen müssen. Zuhause stehe ich, falls möglich, nie vor halb zehn auf, aber hier beginnen die Behandlungen bereits um acht Uhr. Und wenn man vorher noch etwas in den Magen bekommen will, passt das morgendliche Gebimmel perfekt in den Tagesplan!«

Pepe schmierte sein Brot und biss hungrig in die mit Schinken und Käse belegte Vollkornbrotscheibe. Während er genüsslich auf dem ersten Bissen herumkaute, sah er der hübschen Frau zu, wie sie in Gedanken versunken an ihrer Kaffeetasse schlürfte.

»Entschuldigen Sie meine Frage, aber essen Sie gar nichts zum Frühstück?«

Regina Blum stellte die Tasse auf dem sonst leeren Tablett ab.

»Nein, vor zehn Uhr bekomme ich einfach nichts hinunter. Wahrscheinlich Gewohnheit! Meine Eltern waren beide Lehrer und wir wohnten auf dem Land. So musste es morgens immer schnell gehen. Für jeden eine Tasse Kaffee oder Kakao, dann fix ins Auto und ab in die Schule. Das erste Essen gab es in der großen Pause. Das prägt sich wohl ins Gehirn ein.«

»Interessant!« Mehr konnte der Detektiv dazu nicht sagen.

»Haben Sie nachher auch einen Termin bei Dr. Rank?«, fragte Pepes Gegenüber.

Er versuchte, seinen Mund so schnell wie möglich von dessen Inhalt zu befreien und verschluckte sich dabei, diesmal nicht mit vorgetäuschter Tolpatschigkeit. Er hustete los, um die Brotkrumen aus seiner Luftröhre in die Speiseröhre zu verfrachten, und da ihm dies nicht sofort gelang, kam Regina zu Hilfe, indem sie ihm ziemlich unsanft auf den Rücken klopfte. Pepe verzog zwar vor Überraschung das Gesicht, aber es half. Die kleinen Eindringlinge wurden durch das Klopfen auf den rechten Weg gebracht und landeten schließlich im Magen.

»Geht's wieder?«, fragte die Dame und sah Pepe besorgt an.

Er musste erst ein paarmal tief durchatmen, nahm einen Schluck Kaffee, wartete auf eine eventuelle weitere Reaktion seines Körpers, die nicht eintrat, und lehnte sich erschöpft zurück.

»Danke vielmals, Frau Blum! Das passiert mir öfters. Immer wenn ich essen, trinken und gleichzeitig reden möchte!«

»Dann sollten Sie lernen, eins nach dem anderen zu tun! Nicht dass Ihnen trotz Churchill-Syndrom einmal der Bissen definitiv im Hals stecken bleibt!«

Pepe gab der Dame mit einem Nicken recht und spülte noch einmal mit Kaffee nach.

»Zu Ihrer Frage: Ja, ich muss auch zu Dr. Rank, gleich um neun Uhr!« Dabei sah er auf die Uhr und fügte hinzu: »Oh, schon so spät, da muss ich mich aber beeilen. Bis zum Mittagessen!«, und weg war er.

»Herr Wolf, guten Morgen! Wie war der erste Tag in unserer Klinik?«, begrüßte Dr. Rank seinen Patienten.

»Alles in Ordnung, bis auf den lieben Herrn Pfarrer, der sicher alle noch schlafenden Bewohner um sieben Uhr geweckt hat. Aber da es ab acht Uhr mit dem Tagesprogramm losgeht, ist es akzeptabel ...«, und fügte hinzu: »... leider!«

Der Arzt setzte sich auf den Sessel hinter seinem Schreibtisch und deutete Pepe mit einem Handzeichen an, auf dem Stuhl davor Platz zu nehmen.

»Ihre Untersuchungsergebnisse liegen nun vor und wie Sie sicher erwartet haben, sind alle Befunde negativ. Sie sind kerngesund!«

»Das ist wirklich keine Überraschung für mich, Herr Doktor«, brachte Pepe fast seufzend hervor. »Wir hatten uns ja über mein Churchill-Syndrom unterhalten!«

»In der Tat, Herr Wolf, das haben wir ...«, er hielt einen Moment inne und sah dem Detektiv fest in die Augen, »und jemand anderes scheinbar auch!«

»Was wollen Sie damit sagen?«

»Dass auch meine Kollegin auf Ihre Ergebnisse gestoßen ist und Sie nun scheinbar unter ihre Obhut nehmen will.«

»Sie sprechen doch wohl nicht von Frau Dr. Bergmann, die Sie der kriminellen Handlung bei der Organspende verdächtigen?«

»Genau von dieser Dame spreche ich«, bestätigte der Arzt mit einem nachdenklichen Nicken.

Pepes Gesicht verlor jegliche Farbe.

»Aber das würde ja bedeuten, dass sie … dass sie …«, der Detektiv wollte das Unvorstellbare gar nicht aussprechen, »… mich ins Visier genommen hat!«

»Korrekte Schlussfolgerung, Herr Wolf! Leider!«, bestätigte Dr. Rank mit sorgenvollem Gesichtsausdruck.

»Davon war nicht die Rede, als ich Ihren Auftrag angenommen habe!«, wehrte sich Pepe mit Vehemenz und sprang auf. Unruhig ging er im Behandlungszimmer auf und ab. »Ich sollte die Vorgänge in der Klinik beobachten und eventuelle Ungereimtheiten aufdecken, aber doch nicht selber zum Opfer werden!«

Nach einigen Diagonalen und Rundgängen im Behandlungszimmer nahm der Detektiv erneut Platz und sah Dr. Rank in die eigenen Gedanken versunken an. Es herrschte absolute Stille. Nichts bewegte sich, außer den Staubpartikeln, die in den hereinfallenden Strahlen des Sonnenlichts tanzten, und den Gehirnzellen der beiden Männer, die zwar unsichtbar, jedoch auf Hochtouren arbeiteten.

Dr. Rank brach als Erster das Schweigen.

»Unter diesen Umständen enthebe ich Sie natürlich aller eingegangenen Verpflichtungen …«, versuchte der Arzt seinen Patienten zu beruhigen, »… und bezahle Ihnen die gesamte Woche!«

Keine Reaktion! Pepe saß zusammengesunken vor dem Schreibtisch und sah seinen Gesprächspartner geistesabwesend an … oder besser gesagt, durch ihn hindurch … während seine Gedanken sich überschlugen. Er war wie paralysiert und der Arzt begann sich Sorgen zu machen.

»Herr Wolf! Hallo, Herr Wolf! Alles in Ordnung? Geht es Ihnen gut?«

Weiter keine Reaktion! Dann ein erstes Zeichen. Pepe begann mit dem rechten Zeigefinger in schneller Folge rhythmisch auf die Stuhllehne zu klopfen, ein Geräusch, das sich bereits nach einer Minute in eine Art unerträgliche Tortur verwandelte.

»Ich mach es!«, erklang es klar und deutlich aus Pepes Mund. Dann wieder Stille.

»Ich kann es nicht riskieren, wissentlich das Leben weiterer Menschen aufs Spiel zu setzen! Ich oder besser gesagt wir wissen, um was es geht. Wir werden auf jeden Hinweis achten und alle notwendigen Vorsichtsmaßnahmen ergreifen.«

Pepe richtete sich mit geradem Rücken im Sessel auf, fand seine Haltung zurück und blickte dem Arzt mit stolzem Gesichtsausdruck in die Augen.

»Entscheidung getroffen!«, bestätigte Pepe Wolf ein letztes Mal und stand entschlossen auf. »Wann soll ich mich bei Frau Dr. Bergmann melden?«

»Sind Sie sicher, Herr Wolf? Ich möchte Sie zu nichts drängen!«

»Das tun Sie nicht, Dr. Rank! Keine Angst, es ist ganz und gar meine Entscheidung!«, beruhigte der Detektiv seinen Auftraggeber und ging Richtung Tür. »Also, wo und wann soll ich Ihre Kollegin treffen?«

»In einer halben Stunde in Zimmer 1211! Gleiches Gebäude einen Stock tiefer!«

»Wann sehen wir uns wieder?«

»Warten wir ab, welche Diagnose meine Kollegin stellt und welche Behandlungen sie Ihnen verschreibt. Dann machen wir einen Treffpunkt aus. Niemand darf merken, dass wir in Verbindung stehen!«

Pepe Wolf zog sein Handy aus der Hosentasche.

»Haben Sie ein privates Handy? Wir sollten unsere Nummern austauschen!«

Gesagt, getan! Dann verließ der Detektiv das Behandlungszimmer.

»Frau Blum!«, sagte er überrascht, da er vor lauter Überlegungen vergessen hatte, dass seine hübsche Tischpartnerin ebenfalls einen Termin bei Dr. Rank hatte.

»Hallo Herr Wolf! Na, was sagen die Befunde über den Winston-Churchill-Nachfolger?«, scherzte die Dame und ein sympathisches Lächeln ließ ihr Gesicht erstrahlen.

»Sie werden es nicht glauben, aber man hat eine winzige Kleinigkeit gefunden, weswegen ich jetzt den behandelnden Arzt wechseln muss«, erklärte Pepe und erwiderte das Lächeln.

»Dann sind Sie ja auf dem Weg der Heilung!«, alberte sie weiter, wurde aber vom Aufruf des Arztes unterbrochen. »Tschüß! Bis zum Mittagessen!«, und sie verschwand im Zimmer von Dr. Rank.

»Also, Herr Wolf …«

Frau Dr. Bergmann saß hinter dem großen Schreibtisch und betrachtete mit ernster Miene den Patienten, der ihr gegenübersaß.

»… Sie scheinen kerngesund zu sein, worüber ich mich natürlich freue«, sagte die Ärztin. »Aber wissen Sie, was wir Ärzte immer sagen?« Erneute Pause mit dem Andeuten eines Lächelns. »Dass die einzigen gesunden Menschen diejenigen sind, die von uns Ärzten nicht untersucht werden! Ich habe eine minimale Abweichung in den Stoffwechselwerten gefunden und werde Sie daher ein paar Tage in der naheliegenden Privatklinik von Dr. Krämer genauer untersuchen. Dort können wir die modernsten medizinischen Geräte im Diagnoseverfahren verwenden und Sie sicher von Ihrem …«, diesmal lachte Frau Dr. Bergmann sogar kurz auf, »… Churchill-Syndrom heilen.«

»Das heißt, Sie wollen mich in eine andere Klinik verlegen?«, fragte er etwas besorgt und rutschte nervös auf seinem Stuhl hin und her.

»Nein, nein, Sie bleiben weiterhin stationär bei uns. Nur wird Sie ein Pfleger ein paar Tage lang nach dem Frühstück in einem Krankenwagen in die Privatklinik bringen und Sie nach den Untersuchungen wieder zurückbegleiten. Essen und schlafen werden Sie bei uns.«

»Vielen Dank für die große Mühe, die Sie sich um meine Gesundheit machen«, gelang es unserem Detektiv überzeugend zu verkünden.

»Nicht der Rede wert, Herr Wolf, genau das ist die Pflicht eines jeden Arztes!«, verkündete Frau Dr. Bergmann stolz und Pepe überkam bei diesen Worten eine leichte Übelkeit.

Dann öffnete die Ärztin eine Schublade und legte zwei gefüllte Medikamentendosierer auf den Tisch.

»Fast hätte ich es vergessen. Aufgrund der minimalen Abweichung Ihres Blutwertes und der bevorstehenden Untersuchungen würde ich Sie bitten, dieses Medikament jeweils zu den Mahlzeiten einzunehmen. Es ist völlig ungefährlich, sollte nach unseren Erkenntnissen jedoch die Genauigkeit der Diagnose erhöhen.«

Die Ärztin stand auf und reichte Pepe Wolf die beiden Dosierer.

»Also, nicht vergessen, zwei Tage lang jeweils eine Tablette unzerkaut nach dem Essen! Am dritten Tag beginnen wir mit den Untersuchungen.«

Pepe nahm das Medikament entgegen und nickte zustimmend.

»Wird gemacht, Frau Doktor!«

Dann verabschiedete er sich und verließ das Behandlungszimmer.

»Nehmen Sie das Medikament auf keinen Fall!«, lautete die SMS-Nachricht von Dr. Rank. »Ich komme um 12:00 Uhr am Eingang der Kantine vorbei, wo wir zufällig aneinanderstoßen werden. Legen Sie die Medikamente in eine Tüte, die ich Ihnen unauffällig abnehmen werde!«

Gesagt, getan!

Die nächste SMS des Arztes erhielt Pepe am Nachmittag:

»Heute Abend 18:00 Uhr vor dem Supermarkt um die Ecke! Ich hole Sie im Auto ab und dann fahren wir eine Runde!«

An diesem Arzt ist ein Ermittler verlorengegangen, dachte Pepe mit einem Schmunzeln auf den Lippen.

Regina Blum saß bereits an ihrem gewohnten Platz, als Pepe Wolf den Speisesaal betrat. Gegen Mittag hatte sie den scheinbar zufälligen Zusammenstoß ihres Tischnachbarn mit Dr. Rank im Korridor vor der Kantine beobachtet … und die Übergabe einer Tüte, die fast ungewollt aus der Hand des einen in die des anderen gewechselt war. Ihr Tischnachbar war ein Detektiv, das hatte sie ihrer Liste der Klinikpatienten entnehmen können, aber vielleicht ein kranker Detektiv. Sie seufzte kurz auf. Vielleicht war es nur eine berufsbedingte Verzerrung der Realität. Wenn man täglich mit Betrügern und Verbrechern zu tun hatte, schienen minimale Abweichungen von der Normalität bereits geplante, oft kriminelle Handlungen zu sein.

Sie sah Pepe Wolf mit vollem Tablett auf sie zukommen, atmete noch einmal tief durch und lächelte ihn strahlend an.

»Hallo Herr Wolf!«

»Hallo Frau Blum«, erwiderte Pepe und stellte das Tablett mit dem Abendessen auf dem Tisch ab.

»Es freut mich zu sehen, dass Ihre Magersucht der Vergangenheit angehört«, bemerkte der Detektiv und deutete auf den mit allen nur vorstellbaren Speisen gefüllten Teller der Dame. Dann wünschte er guten Appetit und steckte sich eine Gabel voller kaltem Braten genüsslich in den Mund.

»Danke, den wünsche ich Ihnen ebenfalls!«, antwortete Frau Blum, nachdem sie hinuntergeschluckt hatte. »So ist es in der Tat. Langsam werde ich darauf achten müssen, nicht allzu schnell zuzunehmen«, fügte sie lächelnd hinzu und biss in ein großes Stück Käse. Dann ruhten sich die Zungen beider einige Minuten aus und sie ließen stattdessen die Kiefermuskulatur arbeiten.

Nach dieser durch das Essen hervorgerufenen Zwangspause legte Regina Messer und Gabel auf dem Tablett ab und nahm das Gespräch erneut auf.

»Und bei Ihnen? Geht es besser? Ich meine, mit Ihrem Syndrom?«, fragte sie und sah Pepe neugierig an.

»Viiieeel besser! Ich habe die Zigarren bereits auf die Hälfte der Länge reduziert«, erklärte Pepe mit vorgespielter Begeisterung. »Nun fiebere ich nur darauf hin, endlich irgendeine Krankheit zu bekommen, als Bestätigung für meine definitive Heilung.«

Anstatt amüsiert zu lächeln, richtete Regina Blum den Oberkörper auf und sah Pepe Wolf mit ernstem Gesichtsausdruck fest in die Augen.

»Sind Sie mit dem Essen fertig?«

»Ja, ich glaube schon«, antwortete der Detektiv überrascht.

»Was würden Sie zu einem kleinen Spaziergang im Park sagen? Einfach so, sagen wir … zur Verdauung?«

Weiterhin perplex antwortete er: »Ja natürlich … was tut man nicht alles für die Verdauung!«

Nachdem beide die Tabletts mit Tellern und Besteck abgestellt hatten, gingen sie durch die Ausgangstür in den kleinen Park, der das Klinikgebäude umgab.

»Es wird schon kalt!«, sagte Regina und schlang ihre Arme um den Brustkorb.

»Ja, völlig normal um diese Jahreszeit beim Sonnenuntergang!«, antwortete Pepe Wolf ohne große Überlegung, aber zur Bestätigung seiner Aussage ging die Beleuchtung im Park plötzlich an.

»Da hat Sie wohl jemand gehört!«, sagte Pepes Tischpartnerin und warf ihm einen seltsamen Blick zu, den der Detektiv mit einem Lächeln erwiderte.

»Übrigens scheinen Sie sich ja bestens mit dem Personal der Klinik zu verstehen ... vor allem mit Herrn Dr. Rank!«

»Was wollen Sie damit sagen?«

»Das ich es nicht vermeiden konnte, heute Mittag den scheinbar zufälligen Wechsel einer Papiertüte aus Ihren Händen in die von Herrn Dr. Rank zu beobachten.«

»Sie konnten oder wollten es nicht vermeiden?«, erwiderte Pepe Wolf ein wenig verärgert über die Wendung, die das Gespräch zu nehmen schien. »Auf alle Fälle waren es nur Sammelbilder bekannter Fußballer«, und fügte mit ironischem Unterton hinzu, »wir haben nämlich festgestellt, dass wir der gleichen Leidenschaft nachgehen und haben die uns fehlenden Bilder ausgetauscht. Es ist etwas Wahres dran, dass man immer ein Kindskopf bleibt!«

»Macht es Ihnen ebenfalls Spaß, Räuber und Gendarm zu spielen?«

»Was meinen Sie damit?«, fragte der Detektiv vorsichtig.

»Okay ... ich würde sagen, wir werden wieder erwachsen und hören mit dem Katz-und-Maus-Spiel auf!«, seufzte Regina Blum. »Ich weiß, dass Sie Privatdetektiv sind, Herr Wolf. Ich hatte das Vergnügen, Ihre Akte zu lesen. Sie scheinen nicht schlecht in Ihrer Arbeit zu sein ...«

»Ich mag zwar ein Detektiv sein«, unterbrach Wolf seine Gesprächspartnerin, »aber scheinbar nicht mehr privat ... wenn Sie fast alles über mich irgendwo lesen konnten. Wie Sie selbst sagten, hören wir auf, ein Spielchen zu spielen. Welcher Abteilung gehören Sie an? Kriminalpolizei, Landeskriminalamt, Geheimdienst?«

»Kriminalpolizei!«, gab Regina mit einem Lächeln zu. »Ich denke, dass wir beide aus dem gleichen Grund hier sind. Daher sollten wir versuchen, einen gemeinsamen Modus Operandi zu finden. Ich heiße übrigens Regina. Ich denke, wir sollten zum Du übergehen!« sagte sie und streckte dem Detektiv die rechte Hand hin.

»Angenehm, Regina, mein Name ist Giuseppe, aber meine Freunde nennen mich Pepe!«, erwiderte er und schüttelte die Hand der Kommissarin.

»Okay, Pepe, auf eine gute Zusammenarbeit!«

Eine halbe Stunde später stieg der Detektiv vor dem Supermarkt in den Wagen des Arztes ein und dann ging es auf der Landstraße Richtung Offenburg.

»Und?«

»Wie ich befürchtet hatte. Es befinden sich Anteile von Benzodiazepinen in den Pillen. Bis jetzt noch geringe, aber das wird sich bei der nächsten Dose sicher ändern«, erklärte der Fahrer Pepe, der ihn fragend anblickte.

»Benzipi ... was?«, versuchte der Detektiv zu wiederholen.

»Benzodiazepine! Beruhigungsmittel, Tranquillantien, die im Gehirn in den Stoffwechsel und die Konzentration der Botenstoffe zwischen den Nervenzellen eingreifen. Wie der Name schon sagt, wirken sie beruhigend, angstlösend und schlafanstoßend bis hin zu Benommenheit, Schwindel, totaler Müdigkeit und der Einschränkung des Denkvermögens ... die besten Voraussetzungen für einen komatösen Dauerzustand.«

»Wow! Das bedeutet, mit zunehmender Dosierung würde ich irgendwann vor Müdigkeit und Benommenheit nicht mehr aus dem Bett steigen?«

»So ähnlich! Vielleicht wird Frau Dr. Bergmann auch noch ein bisschen Opiat in ihr selbstgebrautes Medikament mischen. Einfach um sicher zu gehen, dass die gewünschte Wirkung nicht ausbleibt.«

»Und das würde den anderen Ärzten und Krankenpflegern nicht auffallen?« fragte Pepe ungläubig.

»Was soll ich Ihnen darauf antworten?«, erwiderte Dr. Rank mit einem Schulterzucken, wobei er die Straße nicht aus den Augen ließ. »Wenn die leitenden Chefärzte sich eingehend mit dem Patienten beschäftigen und alle notwendigen Untersuchungen durchführen, wer sollte dann an einer korrekten Behandlung zweifeln?«

»Sie!«, konterte der Detektiv schlagfertig.

»Ja, ich! Da ich in meiner medizinischen Laufbahn noch nie den Aussagen mir übergeordneter Ärzte und Forscher blind geglaubt und immer jede mir seltsam erscheinende Diagnose hinterfragt habe.«

»Löblich …«, kommentierte Pepe, wurde jedoch sogleich von Dr. Rank unterbrochen.

»… Löblich, aber nicht karrierefördernd!«, entgegnete der Mediziner mit einem bitteren Unterton. »Sie sehen ja, wo ich geendet bin. In einer alten, heruntergekommenen Dorfklinik, in die keinerlei Geld mehr investiert wird.«

»Aber die Klinikleitung doch ebenfalls!«, setzte Pepe der Aussage entgegen.

»Ja, aber nur für einige Jahre, um durch verbrecherische Machenschaften nicht nur die Kassen der Klinik, sondern vor allem ihre eigenen Geldtaschen zu füllen! Danach werden sie mit großem Lob und hohen Anerkennungen sicher in die von ihnen gewünschte Position an einem anderen Institut versetzt … im Gegensatz zu mir!«

»Da wäre ich mir nicht so sicher!«, beruhigte ihn der Detektiv mit einem Lächeln. »Wenn wir diesen Fall erst einmal aufgeklärt haben, dann wird die gesamte Klinikleitung zwar versetzt werden, aber an einen sicher nicht sehr wünschenswerten, von den Beteiligten angestrebten Ort, nämlich in eine dunkle Gefängniszelle!«

Und dieser Kommentar ließ sogar den niedergeschlagenen Fahrer neben Pepe kurz auflachen. Danach berichtete der Detektiv über sein Zusammentreffen mit der Kriminalkommissarin. Dr. Rank seufzte erleichtert auf. Dann war er doch nicht der Einzige, dem die seltsamen Todesfälle in der Klinik aufgefallen waren!

Am nächsten Morgen saß der Detektiv erneut Frau Dr. Bergmann gegenüber.

»Der Klinikaufenthalt scheint mir wirklich gut zu tun. Ich fühle mich zwar etwas schlapper als sonst, aber völlig entspannt. Das totale Abschalten führt bei mir wohl zu einer Art Dauermüdigkeit«, täuschte Pepe überzeugend vor.

»Da wären Sie nicht der Erste, Herr Wolf«, bestätigte die Ärztin. »Dies ist die normale Reaktion unseres im Alltagsleben gestressten Körpers. Wenn er endlich zur Ruhe kommt, fährt er alle Funktionen auf ein Minimum herunter.«

Dann schob sie ihrem Patienten die Tagesdosen des Medikamentes für die nächsten beiden Tage zu.

»In zwei Tagen nehmen wir erneut Blut ab, um zu prüfen, ob der Pilz verschwunden ist. Wir sehen uns übermorgen um 9:00 Uhr!«

Zwei Tage später erklärte Dr. Rank seinem Patienten im Beisein der Kriminalkommissarin, dass er nach Frau Dr. Bergmanns Planung am späten Abend in eine Art Koma verfallen müsste. Da Pepes Körper die entsprechenden Signale an Ärzte und medizinische Maschinen senden musste, würde Dr. Rank ihm am späten Nachmittag eine kontrollierte Menge der von Frau Dr. Bergmann benutzten Benzodiazepine und Opiate verabreichen. Der Detektiv sollte jedoch bereits während des Abendessens in einen komatösen Zustand fallen, nicht erst wie von der Ärztin geplant nach dem Einschlafen. Was während dieses Komas und kurz danach geschehen würde, stand in den Sternen. Die Lage wurde ernst.

Umso aufmerksamer verfolgte Regina Blum während des abendlichen Essens jede Bewegung ihres Tischnachbarn und der gesamten Umgebung. Zunächst schien alles völlig der Normalität zu entsprechen. Die Patienten füllten ihre Teller am Buffet und steuerten dann hungrig die jeweiligen Tische an. Das Küchenpersonal entfernte oder füllte wie gewohnt die leeren Speiseplatten und man hörte neben den wenigen Gesprächen nur das leise Klappern des Geschirrs auf den Tellern.

»Wie geht es dir? Merkst du schon was?«, fragte Regina besorgt.

»Ob ich etwas merke? Es kommt mir so vor, als würde gerade ein Schwerlastzug über mich hinweg rollen«, waren die letzten Worte von Pepe, dann verdrehte er die Augen, sein Oberkörper sackte langsam nach vorne und der Kopf endete … mitten in seinem nicht aufgegessenen Kartoffelsalat.

»Herr Wolf! Herr Wolf! Was ist los?«, rief Regina und sprang um den Tisch, um den zusammengesackten Mann wieder aufzurichten.

Die meisten Anwesenden bremsten für einen Moment die Arbeit ihrer Kiefermuskulatur und sahen neugierig zu Regina und Pepe hinüber. Aber als sie sahen, dass zwei Pfleger nach wenigen Sekunden zur Stelle waren und kurz darauf Frau Dr. Bergmann und auch Dr. Rank in die Kantine gelaufen kamen, wandten sie sich wieder ihren vollen Tellern zu, um das geliebte Abendmahl in Ruhe zu beenden.

»Ich verstehe das nicht«, sagte Frau Blum zu den beiden Ärzten. »Er ist zwar schon seit ein paar Tagen etwas müde, aber vor ein paar Minuten ging es ihm noch bestens.«

Die Frau hatte ihr Stethoskop bereits auf Pepes Brust positioniert und der Kollege pumpte gleichzeitig das Blutdruckmessgerät am Arm des Patienten auf.

»Schwacher, aber regelmäßiger Puls«, bemerkte Frau Dr. Rank, während Dr. Rank bemerkte: »Achtzig zu fünfzig! Viel zu niedriger Blutdruck!«

In diesem Moment stürzte ein Pfleger mit Rollstuhl in die Kantine.

»Wir müssen ihn sofort rüber in die Privatklinik verlegen! Falls der Puls aussetzt oder der Blutdruck weiter sinkt, ist er dort besser aufgehoben!«, bestimmte die Ärztin.

Man hob Pepe in den Rollstuhl, säuberte kurz sein Gesicht und fuhr ihn aus der Kantine.

»Ich rufe gleich Dr. Krämer an und begleite Herrn Wolf im Krankenwagen«, sagte die Ärztin nach kurzer Überlegung. Dass Pepe schon beim Abendessen die Besinnung verloren hatte, passte absolut nicht in ihren Plan. Die vorherigen Patienten waren alle erst während der Nacht ins Koma gefallen, ohne Aufregung, ohne die neugierigen Blicke der Anwesenden. Irgendetwas war diesmal falsch gelaufen. Dieser Patient hatte völlig anders auf die Einnahme der Medikamente reagiert. Das Gehirn von Frau Dr. Bergmann arbeitete auf Hochtouren. Sie musste improvisieren.

»Sie bleiben am besten hier und übernehmen meine Vertretung, Herr Dr. Rank! Ich weiß ja nicht, wann ich wieder zurück sein werde«, lautete ihre Anweisung und schon eilte die Ärztin dem Pfleger hinterher, der den ohnmächtigen Pepe im Rollstuhl Richtung Ausgang schob.

Regina Blum warf Dr. Rank einen unmissverständlichen Blick zu und dann verließen die beiden gemeinsam die Kantine. Sie wussten, was zu tun war!

Als Pepe Wolf die Augen öffnete, wurde er von einer grellen Lichtquelle geblendet und konnte nicht erkennen, wo er sich befand. Instinktiv wollte er den Arm heben, um sich vor dem gleißenden Licht zu schützen, aber das war unmöglich. Er war gefesselt, bewegungsunfähig gemacht! Er versuchte, die anderen Extremitäten zu bewegen, aber ohne Erfolg! Was war geschehen?

Er fühlte sich wie auf einer Wolke, weich, warm, schwebend! Wie gerne hätte er sich diesem angenehmen Gefühl hingegeben, aber er musste sich erinnern! Die ersten Puzzlestücke fügten sich zusammen: Er musste sich in der Privatklinik von Dr. Krämer befinden. Frau Dr. Bergmann war sicher nicht weit entfernt und ... der Grund seiner Präsenz kroch aus seinem Unterbewusstsein hervor. Der Gedanke ließ ihn erschaudern, jedoch war die Wirkung der Narkosemittel noch zu stark.

»Einen Moment lang hatten wir Angst, Ihr Organismus würde unsere gesamten Pläne durchkreuzen!«, vernahm Pepe Wolf durch den dichten Nebel seiner Betäubung. Dann wurde das grelle Licht über ihm durch etwas verdeckt, was sich beim Näherkommen als ein Gesicht mit Operationsmaske entpuppte. Obwohl das Gesicht der Frau maskiert und die Haare unter einer Haube versteckt waren, erkannte er sofort, um wen es sich handelte. »Aber nun haben wir wieder alles im Griff und können beginnen!«

Die Betäubungsmittel zeigten weiterhin ihre Wirkung und der Detektiv musste sich eingestehen, dass er nichts an seiner erbärmlichen Lage ändern konnte.

»Wie sieht mein Ende aus?«, fragte Pepe in fast gleichgültigem Ton, so als ob ihn die gesamte Situation nichts anginge.

»Sie können sich glücklich schätzen, Herr Wolf«, antwortete die Ärztin mit einem ironischen Lächeln, das sich hinter der Maske versteckte. »Sie werden weiterleben, nur in einer anderen Form ...«

Die behandschuhte Hand schwang das Skalpell vor Pepes Augen hin und her, so als wollte sie die Worte seiner Besitzerin durch die virtuosen Bewegungen unterstreichen.

»… oder besser gesagt, in anderen Formen! Denn Ihre Organe werden viele andere Menschen am Leben erhalten, Menschen, die es verdienen weiterzuleben!«

»Und die wären?«, murmelte Pepe und deutete ein mühsames Lächeln an.

»Sie fragen wer? Sie haben nicht die geringste Vorstellung, wie viele arme Menschen ein Organ benötigen, um ihr Leben fortsetzen zu können. Na ja«, die Ärztin machte eine kurze Pause und lachte auf, »wirklich arm sind sie nicht. Sagen wir, Millionäre, Politiker, Berühmtheiten aus dem Showgeschäft, kurz gesagt, viele nette Leute, die den angemessenen Preis für eine gesunde Leber, ein perfektes Herz oder eine funktionierende Lunge bezahlen können, die, wie schon gesagt, das notwendige Geld verdienen.« Frau Dr. Bergmann hielt kurz inne. »Organe, die *wir* ihnen besorgen, sämtliche Organe bis auf das Gehirn! Aber auch daran arbeiten wir, auch wenn ich bezweifle«, sie lachte kurz auf, »dass wir einen Abnehmer für das ihre finden würden!«

Dann wedelte die Chirurgin das Skalpell noch einmal vor Pepes Nase hin und her und sagte abschließend:

»Aber jetzt Schluss mit dem Gerede, Herr Wolf! Es war mir ein Vergnügen, Sie kennengelernt zu haben! Adieu!«

Die im grellen Licht blitzende Klinge des Skalpells senkte sich langsam auf den Brustkorb des Detektivs hinab, der immer noch wie hypnotisiert jede Bewegung der Ärztin verfolgte, unfähig einzugreifen.

»Halt!«, ertönte der Aufschrei einer anderen Frauenstimme. »Keine Bewegung … sonst wird gleich dein eigenes Blut anstelle des Blutes von Herrn Wolf fließen!« Frau Dr. Bergmann drehte sich erschrocken um. Die Krankenschwester, die ihr bei der Entnahme der Organe assistieren sollte, stand zwei Meter hinter ihr … mit einer Pistole im Anschlag.

»So ist's brav! Lass sofort das Skalpell auf den Boden fallen! Und keine Dummheiten, aus dieser Entfernung mach ich dich mit einem Schuss kalt!«

Die Ärztin, durch das völlig unerwartete Verhalten der Assistentin in Panik versetzt, folgte unverzüglich den Anweisungen der Polizeibeamtin. »Siehst du, das war doch ganz einfach! Nun mach den armen Mann los und dann die Hände über den Kopf!«, lauteten die nächsten Anweisungen von Regina Blum.

Mit zitternden Händen löste die Ärztin die Schlingen und der Detektiv setzte sich langsam auf den Rand des Operationstisches. Er war weiterhin völlig benommen und massierte sich die geröteten Handgelenke.

Frau Dr. Bergmann erholte sich langsam vom Schreck und warf der als Krankenschwester verkleideten Polizistin einen hasserfüllten Blick zu, als sie die Hände hinter dem Kopf verschränkte.

»Wer bist du?«

Mit der freien Hand entfernte Regina die Maske von ihrem Gesicht.

»Du???«

»Ja, ich bin's, Frau Doktor!«, bestätigte sie mit einem verschlagenen Lächeln.

»Ich hätte es mir denken müssen! Viel zu viel Fleisch an einer Magersüchtigen!«

»Wie bitte?«, empörte sich die Polizistin mit lachendem Unterton. »Ich habe zwei Monate lang gehungert, um in die Rolle schlüpfen zu können!«

Im gleichen Moment erkannte sie eine plötzliche Veränderung im Gesichtsausdruck der Ärztin, gerade noch rechtzeitig, um dem Tablett mit allen Operationsinstrumenten auszuweichen, das auf ihren Kopf hinab sauste. Dr. Krämer, der den schweren Gegenstand in beiden Händen schwang, musste sich unbemerkt in den Operationssaal geschlichen haben. Regina konnte zwar mit dem Kopf ausweichen, jedoch traf das Tablett ihren Unterarm und das Handgelenk, mit dem sie die Pistole festhielt. Die Waffe fiel zu Boden. Blitzschnell reagierte Frau Dr. Bergmann, ergriff das Skalpell und warf sich wie eine Furie auf die vom Schmerz geplagte Kommissarin. Aber nun zahlte sich das harte Training in der Polizeischule aus: Ohne sich umzudrehen, versetzte Regina dem Mann hinter ihr einen so harten Schlag mit dem Ellenbogen auf die Nase, dass er bewusstlos zu Boden fiel. Mit der freien Hand blockierte sie im letzten

Augenblick das Skalpell, mit dem die Ärztin zustechen wollte, so dass die scharfe Klinge zwar wie ein Damoklesschwert vor ihren Augen schwebte, jedoch in einigen Zentimetern Entfernung.

Pepe Wolf begriff trotz seines weiterhin benebelten Zustandes, dass die Situation sich nicht zu Gunsten seiner Freundin entwickelte. Er versuchte aufzustehen, um ihr zu helfen, aber seine Beine gehorchten ihm weiterhin nicht. Die Ärztin hatte das Skalpell nun mit beiden Händen umfasst und drückte die Klinge mit aller Kraft wie besessen dem Gesicht der Kommissarin entgegen.

Er musste sofort etwas unternehmen, aber was? Die Beine trugen ihn nicht und eine Waffe war auch nicht griffbereit. Die blitzende Klinge war nur noch ein paar Millimeter von Reginas Auge entfernt. Jetzt oder nie, dachte Pepe, und ließ sich vom Rand des Operationstisches fallen. In zwei Umdrehungen rollte er treffsicher gegen die Beine der Ärztin, die beim harten Aufprall von Pepes Körper das Gleichgewicht verlor und rücklings auf den Detektiv fiel. Der tödlichen Attacke um Haaresbreite entkommen versetzte die Polizisten ihrer Angreiferin einen präzisen Fußtritt ans Kinn, der die Dame endgültig außer Gefecht setzte.

Als Erstes nahm Regina die Waffe an sich, um dann Pepe zu helfen, sich von der schweren, auf ihm liegenden Bürde zu befreien und sich wieder auf den Rand des Operationstisches zu setzen.

Vor ihnen lagen Frau Dr. Bergmann und Herr Dr. Krämer Kopf an Kopf friedlich vereint auf dem Boden.

»Du scheinst was von Bowling zu verstehen, mein Lieber. Ein Strike beim ersten Versuch! Nicht schlecht! Ich werde nie vergessen, dass du mir heute das Leben gerettet hast, Pepe Wolf. Aber ich werde versuchen zu vergessen …«, die Kommissarin stieß ein befreiendes Lachen aus, »… dass du es völlig nackt getan hast!«

»Ich auch!« brummte der Detektiv verlegen und wollte ein strahlendes Lächeln aufsetzen, was ihm jedoch misslang.

Regina zog ihren weißen Schwesternkittel aus, legte ihn mütterlich um den nackten Körper von Pepe und gab ihm einen Kuss auf die Stirn: »Danke!«

Dann nahm sie das Handy und tippte auf die Tasten.

»Hallo … Polizei... hier spricht Kriminalkommissarin Regina Blum!«

3 – Nicht alles, was glänzt, ist Gold!

Lukas und Rolf starrten mit weit aufgerissenen Augen auf den schwarzen Rolls Royce, der vor dem Haus ihres Nachbarn zum Stehen kam.

»Schau dir mal diesen Schlitten an! Und das in Wolfenhausen!«, staunte Lukas und stupste seinem Sohn den Ellenbogen in die Seite. »Da hat unser Herr Detektiv wohl einen großen Fisch an Land gezogen!«

Und während die beiden fassungslos die Szene aus nächster Nähe verfolgten, beobachteten viele Augenpaare hinter zugezogenen Vorhängen diesen Event im kleinen Flecken. Fast konnte man ein stetig lauter werdendes Gemurmel erahnen, das hinter verschlossenen Fenstern das fast denkwürdige Ereignis kommentierte.

Der Chauffeur stieg aus und öffnete mit einer leichten Verbeugung die hintere Seitentür des Luxuswagens. Zunächst erschienen zwei schwarze High Heels, dann die unendlich langen wohlgeformten Beine einer Dame und zuletzt der kurvenreiche Körper einer langhaarigen Blondine, die ihr enges schwarzes Kleid zurechtrückte, den Kopf nach hinten fallen ließ, um ihre Haarpracht zu schütteln, und sich zuletzt ihre schwarze Ledertasche über die Schulter warf. Dann stolzierte die bildhübsche Frau mit schwingenden Hüften auf die Eingangstür unter dem Holz-Carport zu. Wer weiß, wie vielen männlichen Beobachtern bei diesem Anblick das Herz … hoffentlich nur für wenige Sekunden … stehenblieb.

»Schau dir diese Hammerfrau an!«, flüsterte Rolf leise ins Ohr seines Vaters. »Solch ein Teufelsweib habe ich noch nie in Fleisch und Blut vor mir gesehen!«

»Nicht nur du, mein Junge!«, antwortete Lukas melancholisch, »nicht nur du!«

Die blonde Dame blieb vor dem Türchen stehen, das als Teil eines hohen

Holzzauns als Eingang zum Grundstück diente, und drückte mit dem linken Zeigefinger auf eine leicht lädierte Klingel.

»Driiiinnnnnng!«

Es vergingen einige Sekunden, bevor die Terrassentür von innen geöffnet wurde und der Kopf des männlichen Hausbewohners erschien.

»Hallo, was kann ich für Sie tun?«, fragte Pepe, ohne einen Schritt aus dem Haus zu tun. Er konnte bis jetzt nur den Kopf der jungen Dame sehen, der ihm jedoch in keinster Weise bekannt vorkam.

»Herr Wolf, hallo Herr Wolf! Wir haben gestern telefoniert. Eva Kempe, erinnern Sie sich? Die Ehefrau von Juwelier Kempe aus Stuttgart!«

»Ach ja, Frau Kempe!«, antwortete unser Detektiv etwas genervt. »Aber hatten wir nicht in einer Stunde einen Termin in meinem Büro in Tübingen vereinbart?«

»Sie haben recht, Herr Wolf«, säuselte die zarte Frauenstimme entschuldigend. »Nur hat mein Mann wegen unserer Ausstellung eine zusätzliche Einladung erhalten und so müsste ich früher in Stuttgart sein. Ich dachte, ich versuche es einfach kurz bei Ihnen zuhause. Hoffentlich sind Sie mir nicht böse!«

Pepe Wolf seufzte kurz auf und ging quer über Terrasse und Rasen auf das Carport zu. Als er die Holztür öffnete, stockte ihm einen Moment lang der Atem. Der kurvenreiche Körper einer aufreizend gekleideten Frau schwang auf ihn zu. Das sollte seine neue Kundin sein?! Reiß dich zusammen, schoss es Pepe durch den Kopf. Emotionen jeglicher Art haben in meinem Job keinen Platz!

»Lieber Herr Wolf! Schön, Sie endlich kennenzulernen«, flötete die Sopranstimme der Besucherin und reichte nach einem doppelten Augenschlag ihrem Gegenüber die Hand.

Fast hätte Pepe Wolf die Hand der Frau zärtlich geküsst, jedoch belehrte er sich eines Besseren und schüttelte sie mit besonderem Druck.

»Ganz meinerseits, Frau Kempe! Kommen Sie herein. Ich habe auch in meinem Privathaus ein Büro.«

Er ließ seine Mandantin voranschreiten, auch wenn die schwingenden Hüften ihm zu verstehen gaben, dass er besser daran getan hätte, unhöflich zu sein und vor der Dame ins Haus zu gehen. Schluss jetzt! Er musste all seine männlichen Instinkte ausschalten! Es handelte sich um seine Kundin, um seine Arbeit, um sein Geld, das er momentan wieder einmal dringend benötigte. Ein Durchatmen, ein Räuspern und dann Neutralität!

»Kommen Sie, hier ist mein Büro«, sagte Pepe Wolf, nachdem er die Dame in seinem Wohnzimmer überholt hatte und nun eine Tür offenhielt.

Frau Kempe wiegte weiterhin in sanften Bewegungen ihr wohlgeformtes Hinterteil von einer Seite zur anderen, im vollen Bewusstsein, bei jedem einigermaßen normalen Mann gewisse Gefühle zu wecken. Sie kannte ihre fraulichen Reize sehr gut und hatte sie stets eingesetzt, wenn es von Nöten war. Männer waren einfacher zu beeinflussen, wenn ihr Gehirn durch die eigenen Triebe auf Pause geschaltet wurde. Warum sollte es bei diesem eher mittelmäßigen Exemplar von Mann anders sein?

Das Chaos im Büro war nicht zu übersehen. Etliche lose Papierseiten waren auf dem Fußboden verstreut und einige Zigarrenstummel, die das bevorzugte Laster von Herrn Wolf an den Tag legten, hatten sich zu den Dokumenten gesellt. Die Rauchschwaden der im Aschenbecher abgelegten Zigarre wurden dank der Rotation eines alten Ventilators im gesamten Raum verteilt.

»Nehmen Sie Platz, Frau Kempe«, lud Pepe seine neue Mandantin ein, hob während seines Weges zum Sessel unauffällig ein paar lose Seiten vom Boden auf und stopfte sie irgendwo zwischen die Aktenberge. Die Dame ließ sich elegant in den Besuchersessel fallen und schlug mit Nonchalance die langen Beine übereinander, was den Saum ihres kleinen Schwarzen gefährlich in die Höhe rücken ließ.

»Was kann ich für Sie tun?«, fragte Pepe Wolf, während er den Anblick der übereinandergeschlagenen Beine, die ihn an die Szene eines sehr bekannten Filmes erinnerten, bewusst auszuschalten versuchte.

»Viel, sehr viel!«, erklang die herausfordernde Stimme der blonden Schönheit und Pepe Wolf verstand, was Odysseus und seine Männer beim Gesang der Sirenen empfunden haben mussten. »Mein Mann ist einer der größten

Juweliere Stuttgarts und in den nächsten Tagen wird eine große Ausstellung mit sehr wertvollen Diamanten und Schmuckstücken über unseren Geschäftsräume stattfinden. Wir haben ein hervorragendes Sicherheitssystem installieren lassen, möchten jedoch einen Experten wie Sie hinzuziehen um zu prüfen, ob wirklich alles in Perfektion eingebaut wurde.«

Die Dame erhob sich geschmeidig von ihrem Sessel, ging auf Pepe Wolf zu und ließ ihr wohlgeformtes Hinterteil sanft auf die Ecke des Schreibtisch niedersinken.

»Wissen Sie, Herr Wolf, wir haben aus zuverlässiger Quelle erfahren, dass Sie der Beste für diesen speziellen Fall sind …«, dann beugte sie sich verführerisch nach vorne, so dass die vollen Brüste aus dem tiefen Ausschnitt zu springen drohten, »… der Allerbeste!«

Pepe Wolf versuchte standhaft, seine vom Instinkt geleiteten Gefühle zu unterdrücken, nahm einen tiefen Zug an der Zigarre und stieß durch die rund geformten Lippen den Rauch in Form eines perfekten Kreises aus. Mit gespielt kaltem Blick verfolgte er die Flugbahn des kleinen Kunstwerkes, bis es sich wieder in der Luft auflöste. Aber Frau Kempe ließ nicht locker. Sie glitt langsam vom Schreibtisch, beugte sich vor, stützte beide Ellenbogen auf die Schreibtischplatte und hielt Pepe ihre Visitenkarte lächelnd entgegen, während ein paar Zentimeter dahinter der wohlgeformte Busen die Holzplatte des Schreibtisches zu versengen drohte.

Unser lieber Herr Detektiv sah keine andere Möglichkeit, der Situation zu entkommen, als seiner Kundin hektisch die Visitenkarte aus der Hand zu reißen, aufzuspringen und in die andere Ecke des Büros zu flüchten. Aber als er sich umdrehte, ragte ihm statt dem aufreizenden Dekolleté nun das ebenso aufreizende Hinterteil der blonden Dame entgegen.

»Frau Kempe, ich würde Sie jetzt bitten zu gehen, da ich einen dringenden Termin in Tübingen wahrnehmen muss!«, stieß Pepe aufgebracht heraus.

Seine Kundin kam mit betörendem Hüftschwung auf ihn zu, aber statt durch die Tür zu gehen, die Pepe der Dame aufhielt, presste sie ihre aufreizenden Rundungen gegen den Körper des überrumpelten Marlow-Nachfolgers.

»Herr Wolf!«, lechzte sie ihm verheißungsvoll ins Ohr. »Ich kann Ihrem Charme einfach nicht widerstehen. Eine Umarmung zum Abschied! Bitte!«

Pepe stieß die Dame entschieden von sich und versuchte seine Fassung wiederzugewinnen.

»Ich werde mir morgen im Ausstellungsraum ein Bild über die Gesamtlage machen und Ihnen und Ihrem Mann dann mitteilen, ob ich den Auftrag annehme oder nicht«, sagte Pepe mit gespielt ruhiger Stimme. »Und nun entschuldigen Sie mich bitte!«

Er führte sie über die Terrasse zum Carport, wo der Chauffeur bereits aus der Limousine stieg, um seiner Arbeitgeberin die Hintertür zu öffnen.

Frau Kempe drehte sich ein letztes Mal zum Detektiv um und zwitscherte mit einem kessen Augenzwinkern:

»Also dann bis morgen, lieber Pepe Wolf. Aufgeschoben ist nicht aufgehoben!«,

und es verschwanden nach Busen und Hinterteil auch die langen wohlgeformten Beine im Inneren der Luxuslimousine.

Pepe Wolf seufzte erleichtert auf. Er hatte schon viele schwierige Situationen gemeistert, aber gegen den Angriff einer derart explosiven Sexbombe war er einfach nicht gefeit. Morgen würde der Ehemann zugegen sein und so konnte er sich diesbezüglich in Sicherheit wiegen. Die Kempes hatten ihm ein stolzes Honorar angeboten … für eine scheinbar recht einfache Aufgabe.

Die Limousine entfernte sich und so kehrte Ruhe in Pepe Wolf und den kleinen Flecken zurück.

Am nächsten Vormittag parkte Pepe seinen Kleinwagen vor einem modernen Hochhaus, dessen Block aus Zement und Glas in keinster Weise zu den umstehenden alten Gebäuden und dem antiken Kirchturm passte.

Im Erdgeschoss befanden sich hinter einer riesigen Schaufensterfront, geschützt durch elegante, möglichst unauffällige Stahlgitter, die Geschäftsräume des Juweliers Kempe. Ein Blick auf die ausgestellten Stücke und vor allem auf die sporadisch platzierten Preisschilder gab dem Interessenten sofort zu verstehen, warum die Gitter unbedingt von Nöten waren … wie auch die verschlossene Eingangstür, die Pepe zurückprallen ließ, als er sie mit einem elegantem Schulterschwung öffnen wollte. Herr Kempe, die unsympathische Version eines David Niven mit einem scheinbar ins Gesicht gemeißelten Lächeln und allzu eleganter Kleidung, eilte sofort der Tür entgegen und ließ den immer noch verblüfften Detektiv eintreten.

»Herr Wolf, hallo! Schön, dass Sie es geschafft haben! Entschuldigen Sie die verschlossene Eingangstür, aber wie Sie sehen, sind wir in diesem Beruf auf gewisse Sicherheitsvorrichtungen angewiesen!«

»Hallo, Herr Kempe. Schön, Sie persönlich kennenzulernen!«, entgegnete Pepe und die beiden schüttelten sich die Hände.

»Ich hatte ja bereits das Vergnügen, Ihre Frau Gemahlin in meinem Privatbüro zu sehen!«

»Ja, entschuldigen Sie bitte den Überraschungsbesuch meiner Frau, aber ich musste gestern einen unerwarteten Termin wahrnehmen, bei dem Sie mich unbedingt begleiten musste. Sie war übrigens begeistert von Ihrem idyllischen Häuschen, Ihrem beeindruckenden Büro und … ebenfalls von Ihnen! Wenn ich ein eifersüchtiger Ehemann wäre, müsste ich mir fast Sorgen machen!«, fügte Herr Kempe zuletzt mit einem hinterlistigen Augenzwinkern hinzu.

Er gab seinen Mitarbeitern einige herrische Anweisungen und führte seinen Besucher durch eine Seitentür ins Treppenhaus. Welch überheblicher und selbstherrlicher Arbeitgeber! Pepes Blick schwenkte von dem unsympathischen Kempe auf die in den Ecken installierten Überwachungskameras. Wenigstens schien der arrogante Juwelier ausreichende Sicherheitsmaßnahmen ergriffen zu haben.

Vor dem Aufzug blieb Herr Kempe stehen und meinte mit einem herausfordernden Lächeln:

»Sollen wir den Aufzug nehmen oder sind Sie ein ganz Sportlicher? Wir müssen in den fünften Stock!«

»Nein, nein!«, erwiderte Wolf, ohne zu zögern. »Gerne den Aufzug!«

Er gehörte nicht zu den verrückten Männern, die in der Midlife-Crisis wem auch immer etwas beweisen mussten. Das traf wohl eher auf seinen neuen Auftraggeber zu.

Eine Minute später gingen die beiden auf ein großes vergittertes Portal zu, hinter dem sich offenbar der Ausstellungsraum befand. Kempe schloss zunächst das Stahlgitter und danach die mehrfach gesicherte schwere Holztüre auf.

»Bitte, Herr Wolf, treten sie ein!«, sagte der Juwelier und ließ Pepe den Vortritt. »Dies wird bis morgen Vormittag Ihr Zuhause sein!«

Vor den beiden lag ein großer, pompös mit vielen Antiquitäten eingerichteter Raum mit vergitterten Fenstern, eingerahmt von schweren dunkelroten Brokatvorhängen. Geschmackvoll verteilt unterbrachen moderne Glasvitrinen, in denen Schmuckstücke jeder Form und Größe in den verschiedensten Farben funkelten, die antike Einrichtung.

»Wie Sie sehen, Herr Wolf, wurden die Ausstellungsstücke bereits an ihren Platz gebracht und gesichert. Gerne hätte ich das Alarm- und Sicherungssystem von Ihnen auswählen und einrichten lassen, jedoch hat meine Versicherung da nicht mitgemacht«, sagte der Juwelier und brachte mit einem tiefen Seufzer seine Unzufriedenheit zum Ausdruck. »Als man mir von Ihren Fähigkeiten berichtete, war mir sofort klar: Das ist der Mann, der mich ruhig schlafen lassen wird!«, fügte er hinzu und schlug Pepe kameradschaftlich auf die Schulter.

Pepe nahm das Kompliment mit einem Lächeln entgegen, während seine grauen Zellen hinter dem Pokerface dachten: Der Mann ist scheinheiliger und falscher als meine Mutter, wenn sie in meiner Kindheit voller Überzeugung erzählte, welch braver und fleißiger Schüler ich war!

»Dann werde ich nun mit der Kontrolle beginnen! Könnten Sie mir bitte noch eine Leiter zur Verfügung stellen?«

Ein Anruf und die Leiter stand kurz darauf in der Mitte des Raumes.

»Danke Herr Kempe, ich beginne nun mit der Überprüfung!«

»Perfekt, Herr Wolf, ich gehe runter ins Geschäft. In ein paar Stunden bin ich wieder bei Ihnen!«, sagte der Juwelier, schloss die schwere Holztüre hinter sich und ließ den Detektiv im Ausstellungsraum zurück.

Pepe begann mit seiner Arbeit, sorgfältig und minuziös, wie er es immer tat. Er untersuchte den gesamten Raum, Stück für Stück: Fußboden, Wände, Fenster, Vorhänge, die Decke, die schweren Kronleuchter und natürlich die Vitrinen mit den ausgestellten Juwelen. Alles war durch eine gut durchdachte Alarmanlage aufs Beste geschützt. Er konnte wirklich keinen Schwachpunkt finden. Bei einer letzten Kontrolle der vergitterten Fenster fiel sein Blick auf die Kirchturmuhr. Es war erst sechzehn Uhr und er war schon fertig! Das sollte der einfachste und bestbezahlte Auftrag der letzten Jahre werden.

Zirka zwei Stunden später wurde die Holztüre geöffnet und das Ehepaar Kempe trat ein.

»Nun, was sagen Sie, Herr Wolf? Denken Sie, dass die Ausstellungsstücke ausreichend gesichert sind?«

»Ich habe jede Kleinigkeit überprüft und kann sagen, dass das von Ihnen installierte Sicherheitssystem den notwendigen Anforderungen entspricht. Sie hätten kein besseres auf dem Markt finden können.«

»Das freut mich, Herr Wolf! Dann passen Sie gut auf unsere Lieblinge auf. Wir sehen uns morgen früh. Die Ausstellung wird um 9:00 Uhr eröffnet. Bis dahin sind Sie der alleinige Wächter über Millionen von Euro!«

»Wenn Sie mich morgen nicht mehr finden sollten, machen Sie sich keine Sorgen. Ich schicke Ihnen eine Ansichtskarte!«, rief Pepe dem Ehepaar scherzend hinterher.

»Hahaha«, erklang das Lachen der Kempes. »Sie haben wirklich Sinn für Humor … hahaha … eine Ansichtskarte!« Und dann waren die beiden verschwunden.

Pepe Wolf machte es sich auf einem bequemen Canapé gemütlich und ließ seinen Blick über die Ausstellungsstücke schweifen.

Es ist richtig behaglich hier. Das Einzige, was mir fehlt, ist meine Zigarre!, dachte Pepe bei sich. Aber bei dem Honorar kann ich auch mal auf meine Havanna verzichten, und er kuschelte sich in die weichen Kissen.

»DRINNNNG … DRINNNNG!«, ertönte ein paar Stunden später das laute Geräusch der Türklingel und Pepe wäre vor Schreck fast vom Sofa gefallen.

Wer soll das denn sein? Ein Dieb klingelt sicher nicht an der Tür! Oder doch?

Der Detektiv zog seine Beretta aus dem Halfter, schlich langsam auf die große Holztüre zu und blickte auf den Überwachungsbildschirm, wo Treppenhaus und Korridor außerhalb der Tür zu sehen war und ... das Gesicht einer ängstlichen Frau Kempe.

»Was machen Sie denn hier, Frau Kempe?«

»Machen Sie auf, Herr Wolf, bitte, machen Sie auf! Ich muss Ihnen etwas Wichtiges mitteilen!«

»Sie wissen, dass ich Sie nicht hereinlassen sollte ...!«, erwiderte Pepe, entsicherte jedoch die Tür und öffnete sie einen Spalt.

Noch bevor der Detektiv den Satz beenden konnte, warf sich Frau Kempe mit voller Kraft gegen die Tür und fiel Pepe Wolf in die Arme.

»Ich kann unsere Umarmung von gestern einfach nicht vergessen!«, seufzte die Dame und presste sich auffordernd gegen den völlig überraschten Detektiv. »Ich musste Sie einfach wiedersehen ... und spüren ...«, fuhr sie fort und ließ die vollen Brüste aus dem tiefen Ausschnitt gleiten. »Streichle sie, liebkose sie mit deinem Mund wie deine herrlich dicke Zigarre«, stöhnte Frau Kempe und ließ den Kopf des überrumpelten Pepe zwischen ihren warmen Rundungen verschwinden.

Pepe, von der viel größeren Dame, na ja, sagen wir lieber Frau, gegen die Wand gedrückt, versuchte verzweifelt sich zu befreien. Genau in diesem Moment wurde der dunkle Korridor durch ein gleißendes Blitzlicht erleuchtet.

Die beiden, immer noch eng umschlungen, drehten sich erschrocken zur Lichtquelle um, als ein zweiter Flash sie zusammenzucken ließ.

»Was ... was war das denn?«, stotterte Pepe, aber Frau Kempe startete gleich mit der nächsten melodramatischen Szene.

»Oh Gott, entsetzlich! Mein Mann hat sicher einen Privatdetektiv engagiert. Er bringt mich um, wenn er die Fotos sieht. Du kannst dir nicht vorstellen, wie eifersüchtig er ist!«

»Zu Recht«, dachte Pepe Wolf, »völlig zu Recht!« Aber dann musste er seine schluchzende Kundin auffangen, die im Begriff war, ohnmächtig zu Boden zu fallen.

»Pepe, ach Pepe! Sie müssen mir helfen! Wenn mein Mann diese Bilder sieht, bringt er mich um!«

Und nicht nur dich, ging es dem Detektiv durch den Kopf, nicht nur dich!

Der Fotograf hatte nach dem zweiten Foto Kehrtwende gemacht und stürmte das Treppenhaus hinunter.

Scheiße! Ich muss hinterher, koste es, was es wolle, war Pepes einziger Gedanke und dann stürmte er los.

Der etwas korpulente Fotograf hatte zwar zwei Treppen Vorsprung, aber Pepe ließ bei jedem Sprung drei vier Stufen hinter sich und holte den Fliehenden kurz vor dem Ausgang ein. Mit einem gewagten Hechtsprung bekam der Detektiv die Beine des Ausreißers zu fassen und eine Sekunde später schlugen die beiden hart auf dem Bürgersteig auf.

»Du entwischst mir nicht, mein Lieber!«, rief Pepe und bezwang den Mann unter sich mit wenigen geübten Griffen.

»Pepe!«, stöhnte der Überwältigte. »Pepe, lass mich los … ich mach doch nur meine Arbeit!«

Kaum hörte Pepe Wolf die bekannte Stimme, ließ er locker.

»Schnürsenkel, mein alter Freund, das gibt's doch nicht!«

Kurz darauf standen sich die beiden Detektive gegenüber.

»Und nun raus mit dem Film. Gib mir sofort die Negative!«

»Wie kannst du das von einem Freund verlangen?«, fragte der Kollege verzweifelt. »Das ist mein Job!«

»Wenn es nur um Frau Kempe ginge, wäre es mir wirklich egal. Aber da auch ich auf den Fotos bin und nichts, aber auch gar nichts mit dieser Frau zu tun habe, händigst du mir nun sofort den Film aus!«

»Hoffentlich erinnerst du dich an den großen Gefallen, den ich dir gerade tue!«, murmelte Schnürsenkel niedergeschlagen, öffnete seinen alten, hochwertigen Fotoapparat und zog die Rolle mit den Negativen heraus.

»Ich werde es nicht vergessen! Keine Angst!«, erwiderte Pepe und klopfte dem Kollegen auf die Schulter. Dann drehte er die Filmrolle auf und zündete sie einen Moment später mit dem Feuerzeug an.

»Diesmal habe ich Ihre Ehre noch einmal retten können, Frau

Kempe …«, murmelte Pepe, während der befreundete Detektiv im Dunkeln verschwand.

Kurze Zeit später stieg der Sieger der Verfolgungsjagd aus dem Aufzug, wo die scheinbar aufgewühlte Frau Kempe ihn bereits erwartete.

»Und?«

»Ich habe ihn erwischt! Dieses Mal sind Sie meinem Kollegen noch entkommen. Ich habe die Filmrolle verbrannt. Aber jetzt möchte ich Sie bitten, sofort zu gehen. Solche Geschichten haben absolut nichts mit meinem Auftrag zu tun!«

Dabei drückte er die Gemahlin seines Auftraggebers entschlossen über die Schwelle auf den Flur.

»Nichts für ungut, Frau Kempe, aber das gehört nun mal zu meinen beruflichen Grundsätzen!«

»Du zimperlicher Feigling!«, rief Frau Kempe beleidigt. »Hättest du dich nicht so geziert, hätten wir unseren Spaß gehabt, ohne dass dieser Trottel ein Foto machen konnte!«

Dann rückte sie ihre Brüste wieder an die richtige Stelle, drehte sich verärgert um und schwang ihr Hinterteil auf den hohen Absätzen elegant Richtung Aufzug.

»Wie kann man eine Dame nur so schlecht behandeln! Für wen hältst du dich eigentlich? Dann bearbeite dein Pimmelchen eben alleine, du Gartenzwerg!«

Und weg war sie.

Mit einem tiefen Seufzer schloss der Detektiv die Tür hinter sich und verriegelte sorgfältig die einzelnen Sicherheitsschlösser.

»So schnell löst sich eine geile Nummer in nichts auf!«, murmelte Pepe Wolf vor sich hin, haderte mit seinem Schicksal und schlurfte niedergeschlagen zurück zum Sofa. »Und das bei dem Überangebot von Sexbomben, die sich ununterbrochen an meinen Hals werfen!«

Dann beruhigte er sich und verbrachte den Rest der Nacht wachsam, jedoch ohne weitere Störungen … inmitten der vielen Juwelen.

Gegen acht Uhr morgens klingelte es und Pepe entriegelte die Sicherheitsschlösser.

»Guten Morgen, Herr Wolf«, begrüßte ihn sein Auftraggeber, gefolgt von der Gruppe der Mitaussteller. Mit seinem aufgesetzten Lächeln lobte er anmaßend und übertrieben die von ihm organisierte Ausstellung.

Dieses Grinsen legt er wohl auch schlafend nicht ab, dachte Pepe bei sich. Er sollte sich besser um seine Frau kümmern als um seine glänzenden Zähne!

»Wie Sie sehen, hätte man keinen passenderen Rahmen finden können, um die Schönheit Ihrer Juwelen hervorzuheben. Ich habe alles bis ins kleinste Detail durchdacht, angefangen von der Ausrichtung der Lichtquellen bis hin zu den Einrichtungsstücken.«

Pepe sah den Ausstellern zufrieden hinterher und wünschte sich nichts sehnlicher, als in sein bequemes Bettchen zu schlüpfen, als …

»Aber das sind ja alles Fälschungen!«

»Das sind nicht meine Juwelen, das sind ganz gewöhnliche Fälschungen!«

»Auch meine …!!!«

Herr Kempe lief mit großen Schritten auf Pepe Wolf zu, der wie betäubt stehengeblieben war, um die Worte, die er hinter sich hörte, irgendwie einordnen zu können. Aber es gelang ihm beim besten Willen nicht. Das Einzige, was er bewusst registrierte, war, dass das Gesicht seines Arbeitgebers zum ersten Mal nicht vom breiten, lächelnden Spalt eines Mundes durchzogen wurde.

»Herr Wolf, ich hoffe sehr, dass Sie eine logische Erklärung für diese Situation haben!«

»Ich … ich verstehe nicht«, stotterte Pepe Wolf. »Ich habe die ganze Nacht auf die Juwelen aufgepasst … außer …!« Der Detektiv stockte. Verflucht, er konnte die Geschehnisse dieser Nacht nicht offenlegen, jedenfalls nicht jetzt und hier! Welch absurde Situation!

Eine halbe Stunde später saß Pepe auf einem Sessel, den Beschuldigungen der aufgebrachten Juweliere hilflos ausgeliefert, als Herr Kempe gemeinsam mit seinem Freund, Kommissar Daniel Fuchs, den Ausstellungsraum betrat.

Die haben mich bereits schuldig gesprochen, schoss es Pepe durch den

Kopf, als er die beiden auf sich zukommen sah. Ich kann sie ja verstehen! Ich war der Einzige, der sich die ganze Nacht in diesem Raum befand. Zwar nicht die gesamte Zeit, aber ... nein, das ist unmöglich! Wer hätte in so kurzer Zeit die echten Juwelen mit den Fälschungen austauschen können? Auch wenn Frau Kempe ... nein, unmöglich! Was für ein Durcheinander!«

Fuchs und Kempe kamen immer näher.

»Es gibt keine andere Möglichkeit, Herr Kommissar!«

»Ich würde Herrn Wolf gern unter vier Augen befragen. Würden Sie mir Ihr Büro zur Verfügung stellen, Herr Kempe?«

»Gerne, Herr Kommissar, ich begleite Sie hin!«

Kurz darauf saß Pepe genervt hinter dem Schreibtisch von Herrn Kempe, während der Kommissar sich mit beiden Händen auf der Schreibtischplatte abstützte und mit ironischem Unterton sagte:

»Na, Pepe, hast du dir eine gute Grundlage für deine Altersvorsorge geschaffen?«

»Du hast dir wohl beim Niesen das letzte bisschen Hirn aus dem Kopf gepustet«, brauste der Detektiv auf. »Du glaubst doch nicht wirklich ...?«

»... dass du den Diebstahl begangen hast«, fuhr Daniel Fuchs fragend fort, »obwohl du wusstest, der einzig mögliche Verdächtige zu sein? Welch dumme Frage? Aber natürlich! Was sollte ich ansonsten hier tun?«

»Siehst du, wie ich gesagt habe! Versuch, das bisschen Hirnmasse, das in deinem Taschentuch hängengeblieben ist, zusammenzuschaben. Gäbe es eine schwachsinnigere Möglichkeit, um sich selbst auf eindeutige Weise zu beschuldigen? Ich kann ja verstehen, dass du es generell für möglich hältst, aber nicht dass du es bei MIR für möglich hältst!«

»Deine Geschäfte laufen zur Zeit gar nicht gut, Pepe, und welch bessere Gelegenheit könnte sich dir bieten? All die glitzernden Steinchen sind ein Vermögen wert!«

»Was soll das, Daniel? Versuchst du etwa, mir ein falsches Wort zu entlocken, deinem besten Freund?«

»Okay, okay, beruhige dich! Ich weiß, dass du nicht der Schuldige bist! Erspare dir deine Beteuerungen«, erwiderte Daniel und klopfte Pepe auf die Schulter. »Derjenige, dem du auf den Leim gegangen bist, ist viel intelligenter als du … und auch als ich, da ich beim besten Willen keine Erklärung für den Tatbestand finden kann. Aber ich muss mich an die Fakten halten und du selbst hast zugegeben, die ganze Nacht im Ausstellungsraum gewesen zu sein.«

»Lass uns gehen. Ich muss dir noch ein paar zusätzliche Details erzählen und das tue ich besser im Präsidium!«

Kurz darauf saßen die beiden im Büro des Kommissars im Polizeipräsidium in Tübingen und Pepe informierte seinen Freund über den seltsamen Überraschungsbesuch des Vorabends.

»Du musst doch einsehen, dass ich mich niemals freiwillig in eine so verflixte Situation gebracht hätte!«, beteuerte der Detektiv seinem Freund.

»Willst du damit sagen, dass Frau Kempe etwas mit der Sache zu tun hat?« Daniel sah seinen Freund ungläubig an. »Muss ich dich wirklich noch einmal darauf hinweisen, dass Frau und Herr Kempe das klitzekleine Makel besitzen, Millionäre zu sein! Und nicht nur das! Darüber hinaus haben sie auch noch das Pech, dass Persönlichkeiten wie der Bürgermeister, der Kultusminister und einige namhafte Richter zu ihrem Bekanntenkreis zählen. Irgendjemand hat mir vorhin zugeflüstert, dass sie auch mit der Kanzlerin befreundet sind!«

»Ich weiß! Ich bin ruiniert!«, unterstrich Pepe Wolf die Argumentation seines Freundes, aber sein Gehirn arbeitete weiter. »Aber keiner hätte in der kurzen Zeit alle Juwelen austauschen können. Keiner!«

Er hielt kurz inne.

»Und wenn sich alle gegen mich verbündet haben? Und wenn die Juwelen von Anfang an falsch gewesen sind? Und wenn es sich um eine internationale Verschwörung gegen mich handelt?«, sprudelten die Worte aus Pepe heraus. »Vielleicht durch grüne Männchen? Wenn ich mich recht besinne, habe ich gestern eins gesehen!!! Vielleicht kann ich als Geisteskranker meinen Kopf noch aus der Schlinge ziehen?«

Kommissar Fuchs stand auf und ging einige Schritte im Büro auf und ab.

»Ganz ruhig, Pepe! Falls es sich um einen einzigen Aussteller gehandelt hätte, könnte ich dir rechtgeben. Aber so! Alle gemeinsam? Nein, unmöglich, das sind seriöse Geschäftsleute!«

Pepe sah den Kommissar verzweifelt an.

»Und was hast du jetzt vor? Willst du mich einsperren?«

»Nein, es liegt noch keine offizielle Anklage vor. Außerdem möchte ich mich vorher mit Frau Kempe und deinem Kollegen unterhalten. Wie hieß er nochmal? Schnürsenkel?«

Pepe Wolf stand müde, aber dennoch erleichtert auf und ging mit dem Kommissar zur Tür.

»Dank dir! Dann fahre ich jetzt nach Hause und schmeiß mich ins Bett. Ich brauche echt eine Runde Schlaf! Danach werde ich versuchen, etwas Ordnung in dieses Durcheinander zu bringen. Ade, Daniel!«

»Ade, mein Lieber!«, grüßte der Kommissar seinen Freund, überlegte einen Moment und fügte hinzu: »Pepe, entschuldige, aber verrate mir noch eins. Warum heißt dein Kollege mit Spitznamen Schnürsenkel?«

Pepe drehte sich zu Daniel um.

»Warum? Weil er sich jedes Mal, wenn er jemanden verfolgt und nicht erkannt werden will, herunterbeugt, um seinen Schnürsenkel zuzubinden!«

»Nicht schlecht!«, fügte der Kommissar mit einem Lächeln hinzu und dann war der Detektiv auch schon auf dem Weg in sein Bettchen.

Ein paar Stunden später riss Pepe der lange, schrille Ton seiner Türklingel aus dem Schlaf. Er setzte sich erst einmal auf den Bettrand, um zu sich zu kommen. Hatte er einen Termin verpasst? Nicht, dass er sich erinnern konnte! Er schlurfte zur Terrassentür, um zu sehen, wer ihn so unsanft aus dem Reich der Träume geholt hatte.

»Pepe! Komm, mach schon auf! Sag nur, du hast noch geschlafen?«, scherzte Daniel Fuchs, der die Ereignisse der letzten Nacht nur allzu gut kannte.

»Ach, du bist es! Gibt's was Neues?«, fragte Pepe immer noch schlaftrunken.

»Ja, leider …«, erwiderte der Kommissar, während sie ins Haus gingen, »… sowohl Frau als auch Herr Kempe leugnen das Erlebnis der letzten Nacht! Ganz schönes Durcheinander, nicht wahr?«

»Waaassss?!«, schrie Pepe und schüttelte heftig den Arm seines Freundes.

»Beruhige dich doch, Pepe, und hör erst einmal zu. Herr Kempe hat die Aussage seiner Frau bestätigt, die ihren nächtlichen Besuch bei dir in der Galerie abstreitet. Darüber hinaus verneint Herr Kempe, jemals einen anderen Privatdetektiv als dich beauftragt zu haben, und schon gar nicht, um seiner Ehefrau nachzuspionieren. Seine Gattin hätte sein volles Vertrauen … bla bla bla …!«

»Verflucht noch mal, Daniel!«, unterbrach ihn der Detektiv aufgebracht. »Aber verstehst du denn nicht? Die Tatsache, dass die Kempes in diesem Punkt lügen, beweist doch eindeutig, dass sie selbst die Urheber des Juwelentausches sind! Sie sind es gewesen, aber ich weiß beim besten Willen nicht, wie sie es gemacht haben!«

»Ich glaube dir, Pepe, aber wenn du keinerlei Beweis für deine Beschuldigung hast, kann ich dir nicht helfen! Tut mir wirklich leid!«

Pepe sah den Kommissar wütend an.

»Wenn ich nur dran denke, wird mir schlecht!«, schimpfte er mit lauter Stimme. »Ich hatte den Beweis, ich hatte ihn in den Händen! Die Fotos! Ich habe sie selbst zerstört, ich Trottel! Die haben mich wirklich geschickt aufs Kreuz gelegt, muss ich zugeben!«

Der Kommissar ergriff Pepes Arm:

»Komm, wir müssen gehen, Pepe! Wir reden im Präsidium weiter!«

»Okay! Ich hol nur meine Jacke!«, sagte Pepe und schien sich umzudrehen. Aber dann versetzte er dem Kommissar völlig unerwartet einen solchen Tritt ans Schienbein, dass dieser mit einem Schmerzensschrei durchs Zimmer zu hüpfen begann.

»Jetzt tut es *mir* leid, mein Lieber, aber du lässt mir keine andere Wahl!«

Dann ließ er den fluchenden Kommissar hinter sich zurück und brauste mit seinem IQ von dannen. Daniel rieb sich das schmerzende Schienbein. So ein Mist! Gerade heute hatte er die Schienbeinschoner vergessen, obwohl er seinen Freund doch aus dem Effeff kannte. Dann sah er dem wegfahrenden Auto traurig lächelnd hinterher.

»Hoffentlich schaffst du es, den Kopf noch aus der Schlinge zu ziehen!«

Pepe Wolf fuhr mit Vollgas auf der Autobahn seinem Ziel entgegen: dem Ausstellungsraum. Nur dort konnte er eine Spur für seine Unschuld finden. Auch das kleinste Indiz, um Licht in die ganze Sache zu bringen, war für ihn lebenswichtig. Eine halbe Stunde später parkte er in einiger Entfernung vom Juweliergeschäft der Kempes, das zu so später Stunde bereits geschlossen war. Die verschlossene Eingangstür, die ins Treppenhaus des Gebäudes führte, stellte für einen Profi wie ihn kein großes Problem dar. Er nahm den Aufzug und drückte auf den Knopf neben der Aufschrift »Ausstellung«.

Oben angekommen entfernte er behutsam die Siegel der Polizei.

»Sesam öffne dich!«, murmelte er, was die Tür dank der routinierten Hände des Detektivs mit einem *Klick* tat.

»Nun brauchst du alles Glück der Welt!«, sprach sich Pepe Wolf Mut zu. »Dies ist deine letzte Chance. Entweder du findest einen Hinweis, der dich aus der ganzen Misere herauszieht, oder du bist … aufgeschmissen!«

Er hielt kurz inne.

»Was tue ich da gerade? Rede ich mit mir selbst?«, murmelte er entsetzt. »Bereite ich mich unbewusst schon auf die Einzelzelle im Gefängnis vor?«, und er verstummte sofort.

Bevor er die Taschenlampe anknipste, ging er zu den Fenstern und zog die Vorhänge zu. Eine Klage wegen Hausfriedensbruch würde ihm noch fehlen! Dann untersuchte er den gesamten Raum nach irgendeinem Indiz, das ihm weiterhelfen könnte. Die Stunden vergingen, aber er fand nichts, absolut gar nichts. Dem Detektiv blieb nur noch eine einzige Wahl: sich der Polizei zu stellen!

Pepe zog die schweren Vorhänge wieder zur Seite und musste überrascht feststellen, dass es bereits dunkel war. Hatte er so lange umsonst nach einem Beweis für seine Unschuld gesucht? Wie viel Uhr mochte es sein? Er griff ans rechte Handgelenk, wo sich normalerweise seine Armbanduhr befand, berührte jedoch nur den Unterarm.

Verflixt, die Uhr lag auf seinem Nachttisch! Er hatte sie liegenlassen, als Daniel ihn geweckt hatte.

Aber dann fiel ihm ein, dass er bei seinem ersten Besuch die Uhr des Kirchturms gesehen hatte, der die gegenüberliegenden Häuser überragte. Er ging zum anderen Fenster und sah hinaus. Die Kirchturmspitze war zu sehen, aber vom Ziffernblatt der Uhr keine Spur.

»Wohin ist denn die Uhr verschwunden?«, murmelte Pepe überrascht und begann zu grübeln. Nach einiger Zeit brach er in ein befreiendes Lachen aus und schlug sich mit den Händen auf die Oberschenkel. »Wahnsinn! Ich hab's! Diese Ganoven! Unglaublich!«

»Schön, dass Sie sich so gut amüsieren, Herr Wolf!«, erklang eine dunkle Stimme hinter ihm. »Ehrlich gesagt dachte ich, dass Sie sich bereits in einer düsteren Zelle befinden … mit noch düstereren Gedanken!«

Pepe drehte sich überrascht um und sah Herrn Kempe mit einem Revolver im Anschlag in der Tür stehen, gefolgt von seiner Frau Gemahlin.

»Komm rein, meine Liebe! Wir haben Gäste … oder besser gesagt … einen unerwarteten Gast! Könntest du bitte die Polizei informieren? Dann werden wir sehen, ob unser Herr Detektiv seine gute Laune weiterhin behält.«

»Clever, echt clever!«, entgegnete Pepe zufrieden lächelnd. »Ja, ruft ruhig die Polizei, dann haben wir gleich alle unseren Spaß! Vor allem wenn ich erzähle, wie ihr es geschafft habt, die Originaljuwelen auszutauschen!«

Herr Kempe ging mit erhobener Waffe langsam auf Pepe zu. Sein Gesichtsausdruck hatte sich kurz verändert, dann erlangte der Juwelier schnell seine Fassung zurück.

»Sie haben wirklich alles durchschaut, Herr Wolf? Dann nur durch reinen Zufall, denn schon die Tatsache, dass Sie es so offen vor mir preisgeben, zeugt von Ihrer grenzenlosen Dummheit. Dies zwingt mich nun zu anderen Schritten. Statt Sie der Polizei auszuliefern, muss ich Sie nun leider aus dem Weg schaffen.«

Der Juwelier hob die Waffe an und zielte genau auf den Kopf des Detektivs. Nun war es Pepe, dessen Gesichtsausdruck sich schlagartig veränderte, und er wurde weiß wie eine Wand.

»Auf Eindringlinge und Diebe darf man schießen, Herr Wolf, so steht es im Gesetz! Hab ich recht, meine Liebe?«

»Ja, mein Schatz! Auch wenn es wirklich schade um ihn ist. Ein so sympathischer Dummkopf!«, kommentiert Frau Kempe mit einem ironischen Lächeln.

Pepe wich erschreckt zurück. Einen Mord hatte er den beiden ehrlich gesagt nicht zugetraut! Sein Fehler! Er musste Frau Kempe Recht geben: er war ein Dummkopf und nun musste er für seine Dummheit zahlen! Instinktiv hob er die Arme schützend vors Gesicht und wartete auf den Schuss.

Welch ruhmloses Ende!, war sein letzter Gedanke. Erschossen von einem unsympathischen Juwelier mit viel zu vielen Zähnen im Gesicht und einer untreuen Ehefrau …!«

BANG!!! schallte es durch den Raum. Der Schmerz blieb aus! Kein letzter Atemzug! Pepe ließ die Arme sinken und sah verblüfft auf den Juwelier, der mit schmerzverzerrtem Gesicht sein blutendes rechtes Handgelenk umfasste. Sein Revolver lag auf dem Boden, während ein anderer Mann die Pistole im Anschlag hielt.

»Ich kann nur hoffen, auf den richtigen Mann geschossen zu haben!«, wandte sich der Kommissar an seinen Freund, behielt jedoch die Kempes im Auge.

»Verflucht, Daniel«, erwiderte unser Detektiv sichtlich erleichtert. »Wie lange wolltest du noch auf dich warten lassen? Fast hätte mich dieser Mistkerl um die Ecke gebracht!«

»Sind Sie wahnsinnig geworden?!«, schrie der Juwelier den Kommissar an. »Statt auf den Dieb zu schießen, zielen Sie auf mich? Sind Sie verrückt? Das wird Sie Kopf und Kragen kosten, das verspreche ich Ihnen!«

»Hier ist nur ein einziger Kopf und Kragen im Spiel … und zwar der Ihre! Komm, Daniel, ich zeig dir, wer die wahren Diebe sind«, sagte Pepe, »aber vergiss die beiden nicht. Wäre wirklich schade, sie entwischen zu lassen!«

»Keine Angst, Pepe, die Kollegen stehen vor der Tür! Aber was zum Teufel willst du mir zeigen?«

Ein paar Momente später stiegen alle vier, gefolgt von Daniels Polizeikollegen, die Treppe hinauf ins oberste Stockwerk. Dort blieben sie vor einem Stahlgitter und einer mehrfach gesicherten schweren Holztür stehen, die dem Eingang zur Ausstellung einen Stock tiefer bis ins kleinste Detail ähnelte.

»Schließen Sie sofort auf, Herr Kempe! Diese Überraschung wollen wir dem Herrn Kommissar doch nicht entgehen lassen, oder?«, säuselte Pepe mit einem wissenden Lächeln.

»Verfluchter Idiot!«, entfuhr es dem Juwelier, aber dann blieb ihm nichts anderes übrig, als den Schlüssel aus der Tasche zu ziehen und die Tür aufzuschließen.

»Woow, da wäre ich nie drauf gekommen!«, rief der Kommissar und schlug sich mit der flachen Hand gegen die Stirn. »Jetzt ist alles klar!«

Die vier gingen über die Schwelle eines Raumes, der hundert Prozent identisch mit demjenigen des Stockwerkes unter ihnen war, von den Vorhängen und Möbeln bis hin zu den Vitrinen mit den darin aufbewahrten Juwelen. Nur dass diese Prunkstücke echt waren, während es sich bei den Edelsteinen im darunterliegenden Geschoss um billige Kopien handelte.

»Ganz schön clever von den beiden!«, musste Pepe zugeben. »Sie haben zwei identische Räume ausgestattet, einen im obersten und einen im vorletzten Stockwerk. Als ich dann am Abend Besuch von Frau Kempe erhielt und meinen Kollegen Schnürsenkel durchs Treppenhaus verfolgt habe, hatte die Dame Zeit genug, einen bereits vorbereiteten Mechanismus in Gang zu setzen, der den Aufzug beim Drücken des Knopfes zur Ausstellung nicht im obersten fünften Geschoss, sondern bereits im vierten Stockwerk anhalten ließ, wo sich die Fälschungen befanden. Unmöglich, den geringen Unterschied der Fahrzeit zu bemerken.«

Herr Kempe sah Pepe Wolf immer wütender an, während seine Ehefrau es beim Gedanken, im Gefängnis zu landen, immer mehr mit der Angst zu tun bekam.

»Und zu Fuß geht ja heute niemand mehr das Treppenhaus nach oben!«, fuhr Pepe mit seinen Erläuterungen fort. »So bin ich beim Drücken des

Knopfes für den fünften Stock im vierten Stock gelandet, wo mich Frau Kempe nach der Verfolgungsjagd bereits erwartete.«

Jetzt konnte der Juwelier seine Frustration nicht mehr kontrollieren und schrie seine Frau wütend an:

»Und du hast mir garantiert, dass es sich bei ihm um einen totalen Idioten handelt, blöde Gans!«

»Aber Schatz, alle haben es mir versichert!«

»Schön zu hören, dass man von allen so geschätzt wird ...«, bemerkte Pepe Wolf mit leicht verärgertem Unterton, »... aber in diesem Fall sind Sie der wahre Idiot!«, fügte er triumphierend hinzu. »Denn wenn Sie nicht so dumm gewesen wären, die gesamte Episode mit ihrer Frau zu leugnen, wäre ich niemals auf die Idee gekommen, dass Sie beide dahinterstecken könnten.«

Nun ergriff Frau Kempe, erzürnt über ihren Ehemann, das Wort.

»Ich hatte ihm von vornherein gesagt, dass er sich an den ursprünglichen Plan halten sollte. Aber nein, nein! Niemand durfte auch nur einen Moment lang daran zweifeln, dass ich ihn betrügen könnte. Du eitler Idiot, das haben wir jetzt davon!«

»Ich habe ein Image zu verteidigen!«, erwiderte der Juwelier zaghaft.

»Ein Image? Jetzt sag ich dir mal, was für ein Image du zu verteidigen hast: das eines betrogenen Ehemannes!«, entfuhr es der völlig genervten Frau Kempe. »Ich hab mit all deinen Freunden geschlafen, von A bis Z! Und keiner von ihnen hat einen so kleinen, miserablen, fast nicht existierenden Pimmel wie du!«, schrie Frau Kempe und griff ihren Mann nun ohne jegliche Scham an.

»Halt den Mund, verflucht noch mal!«

»Ich denke gar nicht dran. Ich hab so die Schnauze voll von dir und deinem Image. Auch den Chauffeur habe ich mir gegönnt! Was sagtest du? Der sei schwul? Ha ha ha! Ich lach mich tot! Der hat so einen ...!«, schrie Frau Kempe und zeigte mit beiden Händen eine in der Tat überwältigende Größe an.

Während die Eheleute von den Polizeibeamten abgeführt wurden, zerfleischten sie sich weiter mit Worten:

»Du Hürchen! Mieses Hürchen!«

»Ja, schrei ruhig weiter, hast dir deine Hörner wirklich verdient, du Hahnrei!«

Dann verschwand die Gruppe im Aufzug und es kehrte Ruhe ein.

»Aber eins musst du mir noch verraten, lieber Pepe! Wie zum Teufel hast du Intelligenzbombe …«, es folgte ein unterdrücktes Lachen, »… diesen wirklich perfekt durchdachten Plan durchschaut?«

Innerlich wuchs unser Detektiv von seinen ein Meter fünfundsechzig auf eine Höhe von mindestens zwei Metern und verkündete voller Freude:

»Ganz einfach, Daniel! Als ich gestern Nacht aus dem Fenster sah, konnte ich die Uhrzeit auf dem Zifferblatt der Kirchturmuhr sehen. Als ich heute nach meiner Flucht vor dir die Armbanduhr auf dem Nachttisch vergessen habe und die Uhrzeit wissen wollte, konnte ich das Zifferblatt nicht mehr sehen. Alles andere war einfach … auch für einen Trottel wie mich!«, fügte Pepe stolz hinzu.

»Aber wenn ich dich nicht gerettet hätte …«, unterbrach ihn der Kommissar.

»Hör auf, Daniel, natürlich wusste ich, dass du mir folgen würdest. Wo sollte ich denn sonst hingehen, um das Verbrechen aufzudecken?« Und er fügte mit einem Lächeln hinzu: »Nichtsdestotrotz, vielen Dank!«

»Dein Dankeschön nehme ich gerne an, aber … du schuldest mir noch einen Fußtritt!«

»Ich? Sag nur, du hattest diesmal deine Schienbeinschützer nicht an!«, setzte unser Detektiv mit einem Hauch von Schadenfreude hinzu.

4 – Eine Fahrt ins Blaue

»Neeiiinnn!«, schrie Pepe Wolf entsetzt, als der Monitor seines Computers plötzlich in blauer Farbe erstrahlte und ein weißer Schriftzug ihn dazu aufforderte, die Festplatte neu zu formatieren.

»Nein, bitte nicht!«, flehte der Detektiv und raufte sich die wenigen ihm treu gebliebenen Haare. »Bitte nicht! Das darf nicht wahr sein!«

Ungläubig starrte er auf den Formatierungsbefehl auf dem Bildschirm.

»Mein letztes Backup ist mindestens sechs Monate alt!«

Ihm blieb nur eine Chance! Er fuhr den Computer herunter in der Hoffnung, dass nach dem Neustart alles wieder normal funktionieren würde. Ab und zu funktionierte diese Vorgehensweise und gab dem User wenigstens noch eine letzte Möglichkeit, vor dem definitiven Versterben der Festplatte ein Backup zu erstellen. Er schloss kurz die Augen und lauschte den leisen Anlaufgeräuschen des Computers. Das System versuchte mehrere Male, die Spur mit den Startinformationen auf der Festplatte zu finden. Die ersten Schweißtropfen bildeten sich an den Schläfen des Detektivs. Der Monitor blieb weiterhin schwarz und man hörte ein rhythmisches Summen.

»Bitte«, dachte Pepe flehend, »bitte starte noch ein einziges Mal! Bitte! Tu es für mich! Ich verspreche dir, von jetzt ab mindestens einmal in der Woche ein Backup zu machen!«

Ein letztes Summen … dann erschien erneut der blaue Bildschirm mit der Aufforderung zur Formatierung.

»Maledizione …!«, stöhnte Pepe in der Muttersprache seines Vaters und schaltete den Computer aus. Er konnte unmöglich die Formatierung durchführen. Dann wären alle Daten der letzten sechs Monate weg!

Niedergeschlagen ließ er seinen Kopf in die aufgestützten Hände fallen und sah verzweifelt auf den schwarzen Monitor. Was konnte er tun? Plötzlich hob er mit einem Hoffnungsschimmer in den Augen das Gesicht. Daniel, vielleicht konnte sein Freund Daniel Fuchs ihm helfen! Als Hauptkommissar konnte er vielleicht die forensische Abteilung der Kriminalpolizei Tübingen zur Unterstützung heranziehen. Er griff zum Telefon.

»Bist du verrückt?!«, ertönte die aufgebrachte Stimme des Kommissars am anderen Ende der Leitung. »Die Forensik kann sich doch nicht um die Privatangelegenheiten befreundeter Schwachköpfe kümmern, die nicht den Grips im Kopf haben, ein Backup ihrer Daten zu erstellen! In welcher Zeit lebst du eigentlich? Mittlerweile weiß jedes Kleinkind, dass man regelmäßig ein oder zwei Backups abspeichern muss … und zwar nicht auf der gleichen Festplatte! Dazu wärst du wohl auch noch fähig!«

»Nun übertreib nicht«, erwiderte Pepe kleinlaut. »So dumm bin ich nun auch wieder nicht! Und was soll ich jetzt machen?«

»Die Festplatte muss zu einem Datenretter! Du hast Glück, wir haben einen ganz in der Nähe. Nur … billig soll der Spaß nicht sein!«

Pepe Wolf bedankte sich bei seinem Freund und legte auf. Er fand schnell die Website des Datenrettungsunternehmens, nahm erneut den Hörer in die Hand und wählte die Nummer der Hotline. Eine nette Dame erklärte ihm die Vorgehensweise und gab unserem Detektiv eine ungefähre Preisvorstellung, die Pepe lieber nicht gehört hätte. Aber er hatte keine Wahl! Hauptsache den Ingenieuren gelang es, im Reinraum noch einmal Lesezugriff auf die Festplatte zu bekommen. Nach der Schadensdiagnose würde Pepe eine Dateiliste erhalten und konnte dann immer noch entscheiden, ob er die Datenrettung beauftragen wollte oder nicht.

Gesagt, getan! Die Formulare, die er nach ein paar Minuten per E-Mail erhielt, waren schnell ausgefüllt und gegen Abend stand der Kurier bereits vor der Haustür und nahm die gut eingepackte Festplatte entgegen.

Pepe schnappte sich ein Glas Rotwein und ließ sich aufs Sofa fallen. Nun brauchte er ein paar Tage Geduld, ein bisschen Glück und …

… einen Batzen Geld, wie er nach Erhalt des Diagnoseergebnisses feststellen musste. Egal, sein Herz lachte beim Durchstöbern der Dateiliste. Alle wichtigen Daten waren wiederherstellbar! Phantastisch!

Ein paar Tage später klingelte ein Kurier erneut an Pepes Tür. Freudestrahlend nahm der Detektiv das Paket entgegen. Das musste sein Backup sein! Absender war zwar keiner angegeben, seltsam, aber Hauptsache, er hatte seine Daten wieder.

Die neue Festplatte war schon im Computer eingebaut, so dass er nur noch die geretteten Daten hinüberkopieren musste. Erwartungsvoll startete er den Kopierprozess!

Nach zirka zwanzig Minuten kehrte Pepe zu seinem Computer zurück. »Copy completed«. lautete der Schriftzug auf dem Monitor. Er nahm seine Mouse und klickte auf den Backupcontainer. Sofort öffnete sich der Verzeichnisbaum. Verblüfft starrte er die Überschriften der einzelnen Verzeichnisse an. Alles verschlüsselt! Das waren nicht seine Daten! Voller Neugierde klickte er auf eine Datei ... die sich zwar öffnete, aber ihm nur eine Seite verschlüsselter, nicht entzifferbarer Zeichen zeigte ... mit einem seltsamen Symbol am rechten Rand der Zeile, das an ein griechisches Sigma erinnerte mit zusätzlicher Spirale im Inneren.

Was sollte er tun? Er überlegte. In dieser Situation konnte ihm nur einer helfen: sein Freund und Golfpartner Karl-Heinz. Er war Programmierer und konnte die Daten vielleicht entschlüsseln. Er suchte und fand seine Nummer und wählte.

»Rumpf!«, erklang die dunkle Stimme seines Freundes am anderen Ende der Leitung.

»Karl-Heinz! Hallo, mein Lieber! Ich bin's, Pepe!«

»Hallo Pepe, schön, von dir zu hören. Gibt's was Besonderes! Willst du trotz des miesen Wetters eine Extrarunde Golf einlegen?«, rief der Angerufene erfreut in die Leitung.

»Nein, nein, du weißt doch, ich bin ein Schönwetterspieler! Bei Dauerregen durch den weichen Boden stapfen ist nicht meine Lieblingsbeschäftigung!«

»Und wie komme ich dann zur Ehre deines Anrufes?«, fragte Karl-Heinz lachend.

»Weißt du, mir ist etwas Seltsames passiert. Meine Festplatte hatte den Geist aufgegeben und war auf Anraten von Daniel im Labor eines Datenretters gelandet. Nun habe ich eine Backupfestplatte zurückerhalten, jedoch die eines anderen Kunden.«

»Dann schick sie doch einfach zurück!«

»Na ja, ein Absender war nicht auf dem Paket und angesichts des Versandfehlers wäre es mir lieber, den eigentlichen Besitzer selbst zu finden und ihm die Backupfestplatte persönlich zu übergeben. Bei mir sind die Daten wenigstens in sicheren Händen. Und wenn meine These der Verwechslung stimmt, finde ich dort meine eigenen Daten wieder.«

»Und was habe ich damit zu tun?«, fragte Karl-Heinz verwundert.

»Na ja, die Daten sind verschlüsselt, vielleicht kannst du sie entschlüsseln oder erkennen, wer der Besitzer der Festplatte sein könnte.«

Stille!

»Okay, ich helfe dir, Pepe, aber vom Inhalt der Daten will ich nichts wissen. Das wäre illegal!«

»Klar, Karl-Heinz! Wir wollen nur den Besitzer der Festplatte finden. Am besten kommst du zu mir, dann bleiben Daten und Backupfestplatte hier zuhause.«

»So machen wir's!«

Sie verabredeten sich für den nächsten Tag.

Pepe Wolf und Karl-Heinz starrten konzentriert auf den Bildschirm, auf dem nur hieroglyphische Zeichen zu erkennen waren.

»Tut mir leid, Pepe, aber ich kann dir leider nicht helfen!«, musste der Freund zugeben, wandte sich vom Computer ab und stand auf. »Es ist alles verschlüsselt und zwar so gut, dass ich die Daten ohne den korrekten Schlüssel nicht entschlüsseln kann.«

»Aber kannst du nicht einmal in den Zeichnungen etwas erkennen, die sind doch unverschlüsselt?«, fragte Pepe und warf seinem Freund einen hoffnungsvollen Blick zu.

»Ja, da hast du recht, aber es sind eben technische Detailzeichnungen, die zu allen möglichen Maschinen gehören können. Ich habe zwar erkannt, dass es sich um Stromkreise handelt, jedoch kann ich es als Computerexperte keinem bestimmten Gerät zuordnen.«

Er ging zwei Schritte ans Fenster und, während Pepe weiter auf dem Monitor nach etwas Brauchbarem suchte, schien er in Gedanken versunken auf die grüne Landschaft hinter Pepes Haus zu blicken.

»Aber ...«, und er drehte sich wieder zum Detektiv um, »... mir ist etwas aufgefallen, was uns vielleicht nützlich sein könnte!«

Pepe hob seinen Blick vom Monitor und sah den Freund mit einem verschmitzten Lächeln an. Typisch Karl-Heinz! Nun folgte sicher die Schlusspointe mit Knalleffekt! An Karl-Heinz war ein Schauspieler verlorengegangen!

»Ach nein, wirklich?«, fragte Pepe mit vorgespielter Überraschung.

Der Programmierer setzte sich erneut an den Computer, nahm die Mouse in die Hand und blätterte von einer Seite des Dokumentes zur nächsten. Dann fuhr er mit dem Cursor zu einem Zeichen, das am unteren rechten Rand jeder Seite erschien.

»Das hier!«, sagte er mit Bestimmtheit und sah den Detektiv von der Seite an.

Pepe richtete seinen Blick auf den vom Cursor hervorgehobenen Punkt.

»Bist du sicher, dass uns das weiterhelfen wird?«, kommentierte Pepe skeptisch. »Kommt mir nur wie ein weiteres dieser unleserlichen Zeichen vor!«

»Weil du eben du und ich eben ich bin!«

»Muss ich jetzt beleidigt sein?«

»Nein, nein!«, beruhigte er den Detektiv. »Ich werde dir jetzt etwas sagen, was ich versprochen habe, niemandem, absolut niemandem zu erzählen. Schwöre mir, dass das unter uns bleibt!«, fuhr Karl-Heinz geheimnisvoll fort.

»Also bitte, du kennst mich doch, oder?«, erwiderte Pepe mit leicht beleidigtem Unterton.

»Ich weiß, ich weiß!«, bestätigte der Programmierer. »Also, vor ein paar Jahren hatte ich einen großen Auftrag bei einem der bekannten Automobilhersteller der Region. Meine Aufgabe bestand darin, ein eigenes selbstständiges Computernetzwerk aufzubauen, das unabhängig von Internet und jedem anderen Netzwerksystem funktionieren sollte!«, Karl-Heinz legte eine kurze Pause ein. »Mit anderen Worten, keiner sollte Zugriff auf gewisse Computer haben, auf Computer einer einzigen Abteilung, die …«, Karl-Heinz räusperte sich kurz, bevor er das Geheimnis preisgab, »… nicht einmal den Geschäftsführern bekannt war!«

»Soll das heißen, dass nur wenige Mitarbeiter der ganzen Firma überhaupt davon wussten?«, fragte Pepe Wolf völlig ungläubig.

»Nicht nur in der Firma, lieber Pepe«, korrigierte der Programmierer seinen Freund mit Nachdruck, »in der Welt, in der ganzen Welt!«

»Und das hast du an diesem Zeichen erkannt?«, sagte Pepe und zeigte mit dem Finger auf den Monitor.

»Genau! Es ist das Erkennungszeichen der Abteilung. Alles, was dort geschrieben, gezeichnet oder produziert wurde, trug dieses Markenzeichen, ein kleines griechisches Sigma mit einer zusätzlichen Spirale im Inneren!«

»Sieht fast aus wie das Symbol einer kleinen Galaxie!«, bemerkte Pepe gedankenversunken.

»Ja, so könnte man es beschreiben. Du hast vollkommen recht!«

»Und was zum Teufel wird in dieser Abteilung produziert, was vor der gesamten Welt geheim gehalten werden soll? Innovative tödliche Waffen?«

»Nein, mein lieber Freund!«, antwortete Karl-Heinz und legte als verloren gegangener Schauspieler eine Kunstpause ein. »Automobile, einfach nur Automobile, die fliegen können!«

»Aber an solchen Fahrzeugen arbeiten viele Firmen. Was soll daran so geheimnisvoll sein?«

»Dass sie in den Weltraum fliegen!«

Stille! Pepe Wolf sah seinen Freund, dessen Gesicht das wohlbekannte Siegeslächeln nach gelungenem Finale erhellte, verblüfft an.

»Nun hast du eine Vorstellung, wem diese Festplatte gehört! Ich werde mich mit meinem Ansprechpartner innerhalb der Abteilung in Verbindung setzen und lasse dich und die Festplatte morgen Mittag abholen.«

Dann ging er zum Ausgang und ließ den sprachlosen Pepe Wolf hinter sich.

»Ich hoffe, dir bei dem Problem ausreichend geholfen zu haben. Meine Honorarabrechnung schicke ich dir in den nächsten Tagen ... hahaha!« Und dann war er verschwunden.

Punkt 12:00 Uhr klingelte es am nächsten Tag bei Pepe. Vor dem Carport stand eine schwarze, auf Hochglanz polierte Limousine, vor der Eingangstür einer der beiden schwarz gekleideten Männern. Der zweite beobachtete die beiden vom Beifahrersitz aus.

»Ich komme sofort!«, rief der Detektiv und stand eine Minute später mit der eingepackten Festplatte neben der Limousine. Die Man-in-Black-Kopie öffnete die Hintertür des futuristisch gestylten Fahrzeuges, während der Mann auf dem Beifahrersitz kurz grüßte. Die hinteren Fenster schienen dunkel getönt zu sein, aber als Pepe sich auf dem Rücksitz niederließ und der Fahrer die Tür schloss, saß er völlig im Dunkeln, besser gesagt umgeben von abgedunkelten Fenstern und einer undurchsichtigen schwarzen Zwischenwand, die den Rückraum vom Fahrerbereich abtrennte. Alles war zwar hell erleuchtet, jedoch konnte Pepe weder nach draußen noch in den vorderen Bereich des Wagens blicken.

»Tut uns leid, Herr Wolf, aber leider dürfen Sie nicht erkennen, wohin wir fahren. Höchste Geheimhaltungsstufe! Wir brauchen zirka eine dreiviertel Stunde. Machen Sie es sich gemütlich«, ertönte die Stimme des Fahrers durch einen Lautsprecher. Dann ließ er leise klassische Musik erklingen und die Limousine setzte sich in Bewegung.

Pepes Nachbarn sahen verblüfft dem Luxusfahrzeug hinterher und kommentierten nicht ohne Neid:

»Wieder ein großer Fisch für den Herrn Detektiv!«

Pepe machte es sich auf dem kuscheligen Rücksitz gemütlich und betrachtete die dunkle Decke des Fahrzeuginneren. Eigentlich wollte er wach bleiben, aber das gedämpfte Licht und die sanfte, beruhigende Musik ließen ihn nach kurzer Zeit in einen leichten Schlaf fallen.

Erst ein heller Lichtstrahl riss ihn eine Dreiviertelstunde später aus den Träumen. Verängstigt schlug der Detektiv die Augen auf. Das Herz klopfte wild. Wo war er? Ach ja, in der Limousine! Er lehnte sich erleichtert zurück. Sie waren wohl am Ziel angekommen.

Der Beifahrer hielt dem Fahrgast die Seitentür auf.

»Herr Wolf, wir haben unser Ziel erreicht. Sie können jetzt aussteigen!«

Pepe nahm sein Paket und verließ die Limousine. Verwundert sah er sich um. Sie befanden sich auf einem riesigen, weitläufigen, zementierten Platz, direkt vor einer Art Hangar. Weit und breit waren keine anderen Gebäude oder Menschen zu sehen.

»Gehen Sie einfach hinein, Herr Wolf. Sie werden erwartet.«

Die Limousine entfernte sich und verschwand schließlich hinter einer entfernten Hecke am Rand des Platzes.

Wolf drückte die schwere Metalltür einen Spalt auf, gerade genug, um hinein zu schlüpfen, und ging zögernd ein paar Schritte ins Innere der Halle. Dann blieb er stehen, um sich genauer umzusehen, aber der gesamte Hangar lag im Halbdunkel. Pepe erkannte einen riesigen leeren Raum, in dessen Mitte sich ein einziger Gegenstand hervorhob: eine Form, die noch dunkler war als das Innere des Hangars und einer großen schwarzen Limousine ähnelte.

»Da ist ja unser Raumfahrzeug!«, dachte Pepe mit einem Lächeln auf den Lippen und sah neugierig um sich, da er das Auftauchen seines Gastgebers erwartete. Aber nichts rührte sich, keine Menschenseele war zu sehen. Unentschlossen sah er von der Limousine zum Hangar und wieder zurück. Wenn er schon einmal hier war, konnte er doch einen Blick ins Innere des mysteriösen Prototyps wagen. Man hatte ihn ja schließlich eingeladen!

Er ging zwei Schritte auf das Gefährt zu, blieb aber unschlüssig stehen. Wer weiß, vielleicht war irgendein Mechanismus eingebaut, der die Limousine vor neugierigen Blicken schützen sollte. Er hatte wirklich nicht die geringste Lust, einen Stromschlag oder Ähnliches zu bekommen. Es war sicher ratsamer, in Ruhe auf den Besitzer der Festplatte zu warten, ihm diese zu überreichen und dann zu verschwinden!

Aber wie so oft im Leben des Pepe Wolf gewann seine Neugierde die Oberhand.

Entschlossen ging er auf die Limousine zu, schreckte jedoch im ersten Moment zurück, als die Innenbeleuchtung des Fahrzeuges aufleuchtete und den Fahrgastraum in einem zarten Blauton erstrahlen ließ. Gleichzeitig wurden die Türen von scheinbar unbekannter Hand geöffnet, alles begleitet von einer sanften Musikuntermalung.

Na wenn das keine Einladung zum Einsteigen ist!, ging es Pepe durch den Kopf und er nahm behutsam auf dem Fahrersitz Platz. Ihm fiel auf, dass es weder Pedale noch ähnliche Schalter gab, weder ein Lenkrad noch einen Steuerknüppel. An der Stelle des Armaturenbrettes befand sich eine Art flaches Kissen. Pepe strich sanft mit der Hand über das ihm unbekannte Material, welches keinerlei Rückschlüsse auf seinen Ursprung zuließ. Es handelte sich wohl um einen Prototyp und nicht die endgültige Version, dachte Pepe und wollte gerade aussteigen, als ein greller Lichtkegel die Limousine umfing. Pepe wurde so heftig geblendet, dass er schmerzerfüllt das Gesicht verzog und mit der Hand versuchte, das gleißende Licht von seinen Augen fernzuhalten. Nach dem ersten Schreckmoment versuchte er durch die schützenden Finger hindurch etwas zu erkennen.

»Mein Wagen scheint dir zu gefallen!«, erklang plötzlich eine Stimme.

Pepe hielt mitten in der Bewegung inne und überlegte. Diese Stimme! Die kannte er doch! Die Person, die die Worte ausgesprochen hatte, trat aus dem Dunkel in den Lichtkegel, näherte sich langsam dem Detektiv und nahm schließlich das Aussehen von ... Pepe traute seinen Augen nicht ... von Karl-Heinz an.

»Karl-Heinz! Was machst du denn hier?«, fragte Pepe völlig überrascht, während er langsam aus dem Fahrzeug stieg.

»Wo sollte ich denn sonst sein, lieber Pepe? Das ist mein Reich! Alles, was du sehen kannst ...«, antwortete Karl-Heinz lächelnd und breitete die Arme aus, »... ist mein Werk!«

Pepe Wolf war überwältigt.

»Auch ... auch das Fahrzeug?«, brachte er zögernd hervor.

»Auch das Fahrzeug!«, bestätigte sein Freund weiterhin lächelnd.

»In den ganzen Jahren, die wir gemeinsam verbracht haben, hast du mir nie etwas davon erzählt. Nicht ein einziges Wort! Du hast mich immer belogen! Toller Freund!«, kommentierte Pepe Wolf beleidigt.

»Belogen? Habe ich jemals über meine Arbeit gesprochen?«, entgegnete Karl-Heinz mit ruhiger Stimme.

»Na ja, in der Tat ... fast nie«, lenkte Pepe ein.

»Wie kannst du also behaupten, dass ich gelogen habe? Ich habe dir vielleicht nicht alles gesagt und einen Teil verschwiegen, aber belogen habe ich dich niemals!«

»Okay, lassen wir es gut sein. Du hast mich nicht belogen!«, erwiderte der Detektiv. »Aber dann bist du, bist du ...«, Pepe sah sein Gegenüber unsicher an und rang nach den richtigen Worten, »... verflucht, ich weiß nicht einmal, wer du in Wirklichkeit bist!«, brachte er schließlich genervt hervor.

»Keine Sorge, lieber Freund, du wirst es gleich erfahren«, beruhigte Karl-Heinz den Detektiv und lud ihn mit einer Handbewegung zum Einsteigen ein. »Komm, wir drehen eine kleine Runde!«

Kaum hatte Karl-Heinz auf dem Fahrersitz Platz genommen, artikulierte er einige unverständliche Laute und die Frontscheibe schien zum Leben zu erwachen. Auf dem Hintergrund der verdunkelten Frontscheibe leuchteten seltsame Zeichen und Bilder.

»Donnerwetter!«, stieß Pepe Wolf aus. »Ein Head-up-Display! Wie bei den Düsenjägern!«

»Ein wenig komplizierter, um ehrlich zu sein«, korrigierte ihn Karl-Heinz, »aber das Prinzip ist das gleiche!«

Dann drehte er sich mit einem verschmitzten Lächeln zu seinem Freund um und verkündete:

»Los geht's!«

Im ersten Moment dachte Pepe, Karl-Heinz mache Witze, da er keinerlei Bewegung wahrnehmen konnte, aber dann bemerkte er, dass sich der Fußboden des Hangars von ihnen entfernte.

»Aber wir fliegen?!« stieß er aufgeregt aus.

»Was hast du denn erwartet, Pepe? Ich hatte dir doch schon gesagt, dass es sich um ein fliegendes Auto handelt!«, sagte der Fahrer lachend.

Ein Teilstück des Hallendaches öffnete sich und das Fahrzeug schoss mit unglaublicher Geschwindigkeit in die Höhe. Der Detektiv starrte fassungslos auf die Landschaft unter ihnen, die sich in atemberaubender Schnelligkeit entfernte. Dennoch verspürte er weiterhin keinerlei Krafteinwirkung, vermisste völlig das Gefühl, sich in irgendeine Richtung zu bewegen. Er sah den Fahrer an, der das Gefährt souverän in die Höhe leitete.

»Das ist nichts Irdisches ... nicht wahr?« fragte Pepe und wunderte sich selbst über den ruhigen Ton seiner Stimme.

»Na ja, es wurde auf der Erde gebaut. Von daher könnte man es auch so nennen, aber die Ingenieurwissenschaft, die die Realisierung ermöglicht hat ... nein, die ist nicht irdisch!«, gab er mit einem unschuldigen Lächeln zu.

»Dann muss ich davon ausgehen, dass du nicht von hier kommst, korrekt?«

»Richtig, Pepe!« antwortete derjenige, der Karl-Heinz hätte sein müssen. »Siehst du, ihr seid eine sehr interessante Rasse, nur ein wenig zu lebhaft, könnte man sagen. Daher hat die galaktische Konföderation beschlossen, euer Sonnensystem in Quarantäne zu setzen, bis ihr euch ein wenig beruhigt habt!«

»In welche Art von Quarantäne?« fragte Pepe neugierig.

»Indem wir einige Gesetze der Physik innerhalb eures Planetensystems leicht verändert haben!«

»Welche physikalischen Ges ...« Pepe Wolf verstummte schlagartig, als auf der Frontscheibe ein riesiger hellleuchtender Ball erschien.

»... aber das ist der Mond!«, rief er bestürzt.

»Ja genau!«, bestätigte der Außerirdische mit einem Lächeln.

»Aber mit welcher Geschwindigkeit kann das Auto sich denn fortbewegen?«

»Viele Male schneller als das Licht!«

»Aber das ist nicht möglich!«

»Siehst du, Pepe, dies ist eines der Gesetze, das wir verändert haben, die Geschwindigkeit eurer Fortbewegung. Niemals schneller als die Lichtgeschwindigkeit! So könnt ihr zwar die euch am nächsten liegenden Planeten erreichen, jedoch keine intergalaktischen Reisen starten.«

Karl-Heinz klopfte dem Beifahrer freundschaftlich auf die Schulter.

»Ärgere dich nicht, Pepe! Ihr habt das Glück, eine der größten interstellaren Autobahnen direkt an der Grenze eures Sonnensystems zu haben, eine der schnellsten im gesamten Weltall. Und wenn ihr irgendwann einmal von der Konföderation aufgenommen werdet, dann wirst zwar nicht du, aber vielleicht dein Enkelkind nach Lust und Laune quer durchs Weltall reisen können!«

Pepe lachte kurz auf.

»Ein schwacher Trost! Aber du? Warum bist du auf der Erde gelandet und … erzählst mir das alles?«

»Ganz einfach! Als ich auf dieser tollen Autobahn unterwegs war, hatte mein Gefährt eine Panne und die einzige Rettungsmöglichkeit war die Erde!«

»Kurz gesagt, ein galaktischer Robinson Crusoe!«

»Genau, Pepe! Ich hatte damals keinerlei Möglichkeit, mit meinesgleichen zu kommunizieren, war völlig abgeschnitten und hatte mich damit abgefunden, den Rest meines Lebens auf diesem Planeten zu verbringen. Ich stand wirklich am Rande einer hochgradigen Depression, als ich eines Tages … dich beim Italiener getroffen habe. Deine Freundschaft und die herrlichen Speisen haben mich langsam wieder aufgemuntert.«

»Ich verstehe«, sagte Pepe grübelnd, »und wie hast du es mit dem Geld geschafft?«

»Es wäre jetzt etwas zu lang, jede Einzelheit zu erklären. Zunächst habe ich ein paar Kleinigkeiten patentiert, so dass ich gut leben konnte, und dann habe ich das Projekt dieses Fahrzeuges einem Automobilhersteller vorgestellt und … du wirst es nicht glauben, sie waren sofort begeistert!«

»Doch, doch, das glaube ich dir gerne«, lachte Pepe auf. »Ich kann es mir bildlich vorstellen!«

»Sie haben mir sofort alle notwendigen Materialien und jegliche Unterstützung zugesagt«, fuhr der Außerirdische fort.

»Und hast du sie wirklich in das gesamte Potenzial dieses Fahrzeuges eingeweiht?«, unterbrach ihn der Detektiv.

»Nein, natürlich nicht! Sie kennen nur einen kleinen Teil!«

»Und was willst du nun tun?«

»Ganz einfach, Pepe, ich kehre zurück, von wo ich gekommen bin!«

»Das Floß von Robinson Crusoe!«

»Ganz genau! Aber jetzt müssen wir uns beeilen, wenn ich die Rushhour auf der Autobahn vermeiden will. Eine Runde um den Mond und dann geht's wieder auf die Erde, okay?«

»In Ordnung, du böser Außerirdischer! Drehen wir eine Runde um den Mond!«, entgegnete Pepe lächelnd und ließ dann die einmaligen Eindrücke auf sich wirken.

Kurz darauf stand das Fahrzeug erneut im Hangar.

»Also … lieber Erdenbewohner … die Zeit des Abschieds ist gekommen!«, sagte Karl-Heinz und umarmte seinen Freund lange. Beide waren von den Gefühlen überwältigt, auch wenn sie versuchten es zu verbergen.

»Ciao Karl-Heinz, gute Heimreise!«, brachte der Detektiv gerührt hervor. »Gibt es eine Chance, dich irgendwann mal wiederzusehen?«

»Wer weiß … ich könnte ja erneut eine Panne haben! Geh ein paar Schritte zurück! Wenn dieses Gefährt startet, sollte man besser ein bisschen Abstand halten.«

Das Auto begann in den verschiedensten Lichtern zu pulsieren, als plötzlich das Seitenfenster geöffnet wurde.

»Pepe, nun hätte ich es fast vergessen! Die ist für dich!«, und Wolf hatte plötzlich die Festplatte in der Hand, die er dem Freund … ihm schien es Ewigkeiten her … übergeben hatte.

»Und was soll ich damit?«, fragte er verblüfft.

»Da sind Pläne für ein ähnliches Gefährt gespeichert, nur mit dem Zehntel des Potentials dieses Fahrzeuges!«, antwortete Karl-Heinz lachend.

»Adieu, Pepe!«

»Ciao, Karl-Heinz!«

Und in einem Lichtstrahl endete das, was eine phantastische Freundschaft gewesen war. Oder vielleicht doch nicht?

5 – Nicht nur Kleider machen Leute!

»Konzentriere dich!«, hallte die Aufforderung erneut in seinem Kopf wider. Aber je öfter er sich gut zuredete, umso mehr nahm die Wirkung ab und umso mehr vervielfältigten sich die Schweißtropfen auf seiner Stirn. Er musste einen Moment abschalten, um sich neu zu finden! Er richtete sich auf und machte einige Schritte über den weichen grünen Teppich, der seine Schuhe umspielte. Dann ging er in die Hocke und inspizierte ein letztes Mal die grüne Oberfläche bis hin zum Zielpunkt.

»Nun mach schon, das schaffst du! Ein Schlag und du bist Sieger!«, murmelte er und versuchte, sich selbst zu überzeugen.

Er stellte sich erneut in Position und holte leicht aus. Nur wenige Zentimeter trennten ihn vom ersehnten Ziel. In weiter Ferne hörte er ein »Fore«, dann spürte er einen heftigen Schmerz an der rechten Schläfe und ... der Ball rollte in der von ihm erträumten Bahn genau auf das kleine Loch zu. Plums! Eingelocht! Er sprang voller Freude einige Male in die Luft! Gewonnen! Aber dann spürte er den Druck einer Hand auf seiner Schulter, die ihn nicht mehr in die Höhe springen ließ, sondern sanft rüttelte. Er fühlte sich schwer, immer schwerer ...

»Pepe! Hallo Pepe, aufwachen! Wach auf! Hörst du mich?« Einige Sekunden später erwachte der Detektiv, mit dem Rücken an das E-Cart eines Mitspielers gelehnt. Benommen öffnete er die Augen und sah in drei Augenpaare. Wo war er? Ach ja, das Golfturnier, die Spieler seines Flights!

»Pepe, alles in Ordnung? Kannst du uns erkennen?«

Der Detektiv griff an die schmerzende Stelle an seinem Kopf, wo er bereits die ersten Anzeichen der Beule fühlen konnte, die ihn ein paar Tage begleiten sollte.

Eine Frau kam von der nahen Driving Range angelaufen und neigte sich zu Pepe Wolf hinunter.

»Pepe, da hat mein Ball dich schneller gefunden als ich!«, sagte die hübsche Dame mit einem mitleidigen Lächeln und streichelte Pepes Kopf. »Dass ich eine unfähige Golfspielerin bin, wusste ich, aber dass ich den Driver so verschlage, hätte ich nie gedacht! Tut mir echt leid!«

»Was machst du denn hier?«, murmelte der Detektiv und sah die Dame überrascht an.

Dann packten ihn seine Mitspieler unter beiden Armen und stellten ihn auf die Beine. Als er das Gleichgewicht gefunden hatte, umarmte sie den immer noch schwächelnden Pepe und drückte ihm einen Kuss auf die Wange.

»Mein armer, tapferer Detektiv! Ich suche dich überall, da ich deine Unterstützung benötige, und dann knocke ich dich durch meine eigene Unfähigkeit aus! Unglaublich!«

»Was machst du hier, Regina?«, wiederholte Pepe verblüfft seine Frage. Gleichzeitig fielen ihm seine noch verblüffteren Turnierpartner ein. »Darf ich vorstellen, Frau Regina Blum, Kriminalkommissarin Regina Blum!«

»Sei nicht so förmlich, Pepe, das passt nicht auf dem Golfplatz!«, und sie drückte die drei Hände, die sich ihr entgegenstreckten. »Sehr erfreut! Ich möchte mich noch einmal für die Störung entschuldigen! Tut mir wirklich sehr leid!«

»Bei den dreien brauchst du dich nicht zu entschuldigen! Die sind eher froh über dein Attentat!«, scherzte Pepe mit einem bitteren Lächeln. »Sonst hätte ich nämlich gewonnen. So zählt das letzte Loch leider nicht und ich muss ihnen den Vortritt lassen!«

Die drei Mitspieler widersetzten sich zwar lautstark der Aussage des Detektivs, im Grunde ihres Herzens wussten sie jedoch, dass er völlig recht hatte.

»Peter, stell meine Golftasche einfach vor den Spinds ab! Dank dir!«

Dann hakte er sich bei Regina ein und die beiden schlenderten zur herrlichen Terrasse des Golfclubs, um sich eine Erfrischung zu gönnen.

Ein paar Minuten später stießen sie mit einer Weißweinschorle an.

»Ah, das tut gut!«, freute sich Pepe Wolf und stellte nach dem ersten großen Schluck das Glas auf dem Holztisch ab. »Und nun berichte, was mir die Ehre deines Besuches verschafft. Seit unserem Kuraufenthalt sind ein paar Monate vergangen!«

Regina nippte noch einmal nachdenklich an ihrem Glas. »Tja, wo fange ich am besten an?«, und sie überlegte noch ein paar Sekunden. »Also, vor ein paar Wochen hatte sich die Vorstandsvorsitzende einer bekannten internationalen Aktiengesellschaft bei uns gemeldet, um uns mitzuteilen, dass sie seit längerer Zeit Drohbriefe erhielt. Wir haben ihre Aussage aufgenommen, mussten jedoch nicht aktiv werden. Nun sind aus den zunächst generell formulierten Drohungen ernstzunehmende Morddrohungen geworden und die Betroffene hat um Personenschutz gebeten.«

»Und was habe ich damit zu tun?«, fragte Pepe zu Recht. »Das sollte doch Aufgabe der Kriminalpolizei sein, an die sich die Bedrohte gewandt hat, und nicht die eines Privatdetektivs.«

»Da kann ich dir nicht widersprechen, Pepe, aber du hast sicher gehört, dass wir bei der Polizei unterbesetzt sind. Und, wie der Zufall es so will, haben sich auch noch fünf Kollegen unserer Abteilung fast gleichzeitig bei Einsätzen verletzt und sind krankgeschrieben. Da ich deine Fähigkeiten bei unserem Kurprojekt kennenlernen durfte, habe ich meinem Chef vorgeschlagen, dich als externen Mitarbeiter zu beauftragen, um uns bei der Bewachung und dem Schutz der Bedrohten zu helfen.«

Regina Blum sah in das alles andere als überzeugte Gesicht ihres Freundes. »Die Bezahlung ist wirklich gut!«, setzte sie schnell hinzu, da sie die fast chronisch schlechte Finanzlage des lieben Pepe kannte.

Und in der Tat erhellte sich seine Miene sofort. Als sie dann auch noch einen Scheck aus der Tasche zog mit den Worten: »Das wäre der Vorschuss für die erste Woche, zehn Stunden pro Tag oder Nacht, Überstunden ausgeschlossen«, und Pepe den Betrag sah, konnte er das Angebot einfach nicht ablehnen.

»Du weißt, wie man mich überreden kann!«, musste Pepe strahlend zugeben und steckte den Scheck schnell ein. »Nun musst du mir nur noch sagen, was ich machen soll!«

»Was *wir* machen werden, mein Lieber, wir beide gemeinsam als ganz enges Team!«

»Je enger umso besser!«, scherzte Pepe und versuchte sein verführerischstes Lächeln aufzusetzen.

»Du alter Charmeur!«, erwiderte Regina mit leicht erröteten Wangen, nahm das Kompliment jedoch schmunzelnd entgegen.

Etwas später fuhren die beiden in Pepes Kleinwagen Richtung Tübingen. Er hatte seine Nachbarin gebeten, sich in den nächsten Tagen um sein Kätzchen Pippa zu kümmern, und eine Tasche mit den notwendigsten Dingen gepackt. Regina hatte Pepe berichtet, dass ihnen im Untergeschoss des Privathauses der zu beschützenden Dame ein ganzes Apartment zur Verfügung stand. Es handelte sich um eine 24-Stunden-rund-um-die-Uhr-Bewachung. Sie waren zu sechst, jeweils in Zweiergruppen eingeteilt.

»Und warum fahren wir mit meinem Wagen?«, fragte Pepe.

»Weil wir dort das Auto auf der Straße parken müssen und mein Dienstwagen gleich ins Auge fällt.«

Klang logisch!

Regina lotste den Detektiv in ein recht bekanntes Wohnviertel auf den Bergen von Tübingen und ließ ihn in einiger Entfernung von der Villa parken.

»Ich gehe vor, du kommst in zehn Minuten nach. Vorne links, Nummer 22!«

Dann schlenderte die Kriminalkommissarin wie eine unauffällige Spaziergängerin Richtung Zielort, klingelte und verschwand kurz darauf hinter dem gusseisernen Eingangstor.

Pepe schaute sich um, konnte jedoch nichts Außergewöhnliches wahrnehmen.

Zehn Minuten später stieg er ebenfalls aus und ging auf den Eingang des Hauses Nummer 22 zu.

Wow!, ging es ihm durch den Kopf, als er die im hinteren Teil des riesigen Grundstückes errichtete Villa sah. Da passte sein Häuschen aus Wolfenhausen sicher fünfmal hinein. Mit einem kleinen Seufzer drückte er auf den Klingelknopf. »Eine alleinstehende Frau in diesem Palast? Alles andere als normal. Hoffen wir, dass sie nicht so überheblich ist wie das Erscheinungsbild, das sie von sich geben will!«

Leider sollte der Wunsch unseres lieben Detektivs nicht erfüllt werden. Denn die liebe Frau Christine Murrte sollte zu hundert Prozent dem Klischeebild entsprechen, das er sich in seinem Kopf von der Bewohnerin des Hauses gebildet hatte. Leider ... denn er hasste Schubladendenken!

Es ertönte das erwartete Summen und die Tür sprang auf. Pepe schloss sie sofort hinter sich und ging auf einem gepflasterten Weg durch den Garten bergauf der Villa entgegen. Diese bestand, wie er sogleich erfahren sollte, aus drei Stockwerken: dem untersten, mit einer großen Fensterfront und eigener Eingangstür, die zu ihrem Apartment führte, dem mittleren, zu welchem der Weg durch den Haupteingang führte, und dem Obergeschoss.

Regina erschien auf der Schwelle der unteren Eingangstür.

»Komm rein, Pepe, ist ein gemütliches Plätzchen. Hier kann man es aushalten ...«, und sie fügte mit einem Augenrollen hinzu, »... bis auf die Besitzerin! Eine hochnäsige Sauberkeitsfanatikerin, die sich von allen bedienen lässt, auch von uns, aber dies wenigstens zu Recht!«

»So was Ähnliches habe ich mir schon gedacht ... leider!«, seufzte Pepe und wollte über die Schwelle treten.

»Halt!«, blockierte die Kriminalkommissarin ihren Freund. »Nicht mit Schuhen, mein Lieber. Das ist in diesem Haus verboten. Musst wohl auf Socken gehen!«, sagte sie und sah an ihren Beinen hinab zu ihren Füßen, die ebenfalls nur von Strümpfen bedeckt waren. »Mir geht's auch nicht besser, wie du siehst ... leider!«, fügte sie mit verärgertem Gesichtsausdruck hinzu. »Oder hast du etwa Pantoffeln von zuhause mitgebracht?«

Natürlich nicht! Er besaß gar keine Pantoffeln!

Dann zeigte Regina dem Detektiv die Räume ihres Apartments: zwei Schlafzimmer, einen großen Wohnraum mit Sofa, Esstisch und Küchenzeile und ein Bad mit Dusche und ein WC. In der Tat konnte man es hier einige Tage aushalten.

»Wenn die Gastgeberin ihr Mittagsschläfchen beendet hat, zeigt sie uns

ihre heiligen Räume. Das gesamte Haus ist durch eine Alarmanlage gesichert und wir sollen eventuelle Schwachstellen finden.«

Eine Stunde später klingelte das Telefon und die Hausherrin ließ die
beiden über eine interne Wendeltreppe, die sich spiralförmig aus dem
Keller- bis ins Dachgeschoss drehte, in ihren Wohnbereich steigen.

Als Pepe die farbenprächtig gekleidete Blondine auf sich zu stolzieren
sah, schrak er zunächst zurück. Das Alter der Dame hatte er den polizei-
lichen Unterlagen entnommen, aber ein Foto war nicht beigelegt. Unter
ihrem dünnen, enganliegenden Hausanzug mit Blumenmuster erkannte
man als Beobachter sofort die zahlreichen Fettpölsterchen, die alle Rundungen ihres Körpers noch runder erscheinen ließen. Sie wackelte auf
hochhackigen Keilabsätzen am Detektiv vorbei und deutete ihm und Regina an, ihr zu folgen. Die beiden warfen sich einen vielsagenden Blick
zu und gehorchten.

»Kommen Sie, ich zeige Ihnen das Haus!«

Dann wogte sie vor den beiden durch das Erdgeschoss und Pepe hatte
Schwierigkeiten, seinen Blick von dem vor ihm hin und her schwanken-
den Blumenmeer auf die Räumlichkeiten zu richten. Mit ausschweifenden
Gesten, theatralisch gestikulierend führte sie die beiden stolz durch die
blitzblanke Küche, das anliegende Esszimmer bis hin zum Wohnzimmer,
aus welchem eine offene Treppe ins Obergeschoss führte. Dort befanden
sich drei Schlafzimmer, ein Ankleidezimmer, ein Bad und das Arbeits-
zimmer. Über die Wendeltreppe gelangten sie ins Dachgeschoss, das zwar
als Fitnessraum ausgebaut war, von der Besitzerin jedoch angesichts ihres
weich gepolsterten Körpers scheinbar nie benutzt wurde. Darüber hinaus
bot es eventuellen Gästen ein großes Schlafzimmer mit eigenem Bad.
Zufrieden stellte Pepe fest, dass es keinerlei Balkone im oberen Bereich
des Gebäudes gab.

Als Frau Murrte den beiden einige Minuten später die perfekte, gut
durchdachte Alarmanlage im Eingangsbereich zeigte, konnte Pepe feststellen, dass auch ein Balkon eventuellen Kriminellen den Zugang zum
Haus nicht erleichtert hätte. Jedes Fenster, jede Tür war mit einem Sensor
bestückt, der aufleuchtete, sobald das jeweilige Objekt geöffnet wurde.

Vor dem Verlassen des Hauses konnte der Besitzer entscheiden, ob er die angezeigte Öffnung schließen oder offenlassen wollte, bevor die Anlage auf scharf geschaltet wurde. Das gesamte System war mit einem Zentrum verbunden, welches im Alarmfall zeitgleich die am nächsten patrouillierende Polizeistreife informierte.

»Wir sind eigentlich überflüssig, Frau Murrte!«, sagte Pepe Wolf beeindruckt. »Mit diesem Alarmsystem wird es keinem Einbrecher oder Kidnapper gelingen, ohne Ihr Einverständnis ins Haus zu kommen.«

»Da mögen Sie recht haben, Herr Wolf, aber ich lebe ja nicht nur zuhause. Ganz im Gegenteil, ich liebe es, das Leben zu genießen!«, Dann warf sie ihre Haare in den Nacken, schüttelte sie kurz hin und her und fuhr fort. »Ich gehe jede Woche zum Frisör, zur Kosmetikerin, ins Nagelstudio, auf die Sonnenbank und …«, sie seufzte tief, »… natürlich zum Psychologen, der mir bei der Verarbeitung unangenehmer Ereignisse mit Hypnose hilft.«

Wenn der Genuss des Lebens für die Dame nur beim Frisör oder im Nagelstudio zu finden ist, dann kann ich verstehen, dass sie einen Psychologen braucht, und zwar einen verdammt guten, dachte Pepe und konnte sich nur schwer ein Schmunzeln verkneifen!

Regina schien seine Gedanken gelesen zu haben und stupste ihn mit dem Ellenbogen in die Seite. »Reiß dich zusammen!«, raunte sie ihm leise zu, obwohl es ihr selbst ebenfalls schwerfiel, bei der bühnenreifen Vorführung der exzentrischen Dame ernst zu bleiben.

Um das Gespräch wieder auf einen ernsten Ton zu bringen, fragte die Kommissarin:

»Und ihr Arbeitsplatz? Sehen sie dort keine Gefahr?«

»Natürlich, sogar die größte! Der halbe Vorstand und dessen Anhänger würden mich am liebsten aus dem Weg räumen, da sie meine Entscheidung bezüglich der bevorstehenden Abstimmung kennen. Und die passt einigen überhaupt nicht. Eine Hälfte wird bei dem entscheidenden Punkt mit Ja, die andere Hälfte mit Nein stimmen … wie auch ich! So bin ich das Zünglein an der Waage!«, erklärte Frau Murrte nicht ohne einen gewissen Stolz. »Deshalb diese schrecklichen Drohbriefe, die mich zermürben, deshalb der Personenschutz, den ich angefordert habe.«

»Und um was geht es bei der Abstimmung?«, fragte Pepe Wolf völlig unbefangen.

»Also, Herr Wolf! Ich bitte Sie!«, empörte sich die Dame. »Sie werden doch nicht im Ernst erwarten, dass ich Ihnen die wichtigsten Punkte einer geheimen Abstimmung des Vorstandes eines der größten internationalen Unternehmen der Region aufzähle.« Und bei den letzten Worten baute sich die ganze Farbenpracht wie ein Pfau vor ihm auf. »Das sind Geschäftsgeheimnisse!«

»Geschäftsgeheimnisse, die jedoch zu unserem Einsatz geführt haben!«, verteidigte Regina Blum ihren Kollegen. »Ich verstehe zwar Ihre Argumentation, aber Sie sollten einsehen, dass wir jeden wichtigen Hinweis benötigen, um Sie vor irgendwelchen Angriffen schützen zu können.«

Endlich kam die hochnäsige Dame etwas von ihrem Podest hinunter.

»Das kann ich verstehen«, gab sie in ruhigerem Ton zu, »jedoch kann ich mich zu diesem Punkt leider nicht äußern. Ich kann Ihnen nur sagen, dass viele Menschen glücklich wären, mich von der Abstimmung fernzuhalten, da ich mit Nein stimmen werde.«

Dann drehte sie sich schwungvoll auf ihren hohen Absätzen herum und stolperte die Treppe hinunter.

»Wir sehen uns in einer halben Stunde unten am Auto!«, befahl die Hausherrin.

Dann verschwanden zunächst die hochhackigen Schuhe hinter den Treppenstufen, danach die üppigen Formen des eng verpackten Körpers und zu allerletzt die blond gefärbte Mähne.

Regina und Pepe folgten kurz darauf. Wortlos. Erst als sie in ihrem Apartment angekommen und die Tür hinter sich geschlossen hatten, sprudelte es aus ihnen heraus.

»Unglaublich, diese Frau! Gibt sich wie eine Grande Dame und kleidet sich wie ein leichtes Mädchen!«, stöhnte Regina.

»Und sie findet sich auch noch sexy, wenn sie wie ein Walross auf hohen Absätzen ihre ganze Fülle durch die Gegend schaukelt! Geschmacklos!«, setzte Pepe hinzu.

»Und überheblich! Aber egal, mein Lieber! Wir müssen es ja nur ein paar Tage mit ihr aushalten. Die Abstimmung ist morgen, danach bleiben wir ein paar Tage zur Sicherheit und dann ist der Trubel vorbei!«

Kurz darauf standen die beiden vor der Garage und sahen Frau Murrte den Weg vom Haus hinunterschreiten. Die hochhackigen Schuhe hatten die Form schwarzer Stiefeletten, die Blumenpracht war durch eine gelbe, enge Jerseyhose ersetzt worden, gekrönt von einem gelb-schwarz gemusterten Oberteil in Leopardenmuster.

»Sind Sie bereit?«, fragte die Hausherrin und öffnete mit einem Knopfdruck das Garagentor.

»Wir dachten, es wäre vielleicht besser, wenn wir mit unserem Privatauto fahren. Das kennt niemand und wir könnten alles unauffällig erledigen.«

»Was für ein Auto haben Sie denn?«, fragte die Dame mit skeptischem Blick.

Als Pepe Wolf ihr den Typ seines Kleinwagens nannte, lachte Frau Murrte kurz hysterisch auf.

»Das ist nicht Ihr Ernst, oder? In so eine Blechschüssel können Sie sich gerne setzen. Ich werde es niemals im Leben tun!«

Dann ging sie auf ihren riesigen SUV zu – welch anderes Fahrzeug sollte es bei dieser Dame auch sein, fuhr es Pepe durch den Kopf – und blieb vor der hinteren Seitentür stehen.

Warum steigt sie nicht ein?, überlegte Pepe verwundert, aber die Dame blieb neben dem Auto stehen und sah den Detektiv unerbittlich an.

»Sie dürfen nach vorne, Herr Wolf. Auf der Rückbank fühle ich mich hinter den verdunkelten Scheiben sicherer!« Die erste vernünftige Feststellung dieser Frau!

Danach glaubte Pepe, seinen Ohren nicht zu trauen.

»Wären Sie so nett, mir die Tür zu öffnen!«

Ein Blick reichte, um ihm zu verstehen zu geben, dass sie es wirklich ernst meinte! Er biss die Zähne zusammen und öffnete die Tür.

Gleichzeitig setzte sich die Kriminalkommissarin hinters Steuer, überzeugt, ihrem befreundeten Kleinwagenbesitzer einen Gefallen zu tun. Sie war es gewohnt, in oder auf allen nur vorstellbaren Fahrzeugen

Tatorte zu erreichen und flüchtende Verbrecher zu verfolgen. An dem erleichterten Aufatmen von Pepe erkannte Regina, dass ihre Vermutung richtig war.

»Einen Schlüssel brauchen Sie nicht«, ertönte die Stimme von der Rückbank, »den behalte ich lieber!«

So eine dumme, überhebliche, unfreundliche ... das Substantiv kann jeder nach Wunsch ergänzen, dachten Kriminalkommissarin und Detektiv gleichzeitig und warfen sich einen unmissverständlichen Blick zu, bevor sie starteten.

»Wo soll die Fahrt hingehen?«, fragte Regina, während sie aus der Garage fuhr. »Frisör, Nagelstudio und Psychologe!«, erklang die Antwort aus dem Rückraum. So konnte Frau Murrte mit ihrem Psychologen versuchen, die dramatischen Ereignisse beim Frisör und im Nagelstudio besser zu verarbeiten! Aber die zynischen Gedanken vergingen unserem Detektiv sehr schnell, als Regina ihn nach dem Parken vor dem Frisörsalon aufforderte, Frau Murrte zu begleiten. Die Dame war bereits ausgestiegen und stolperte auf ihren hohen Absätzen glücklich über das Kopfsteinpflaster auf den Laden zu.

»Das kann nicht dein Ernst sein!«, empörte sich Pepe. »Du wirst mich doch nicht mit dieser Frau in diese Höhle der Löwinnen schicken!«

Aber Regina blieb standhaft.

»Ich fahre den SUV und du begleitest Frau Murrte! Nun geh schon, sie ist gleich im Laden verschwunden!«

»Wo bleiben Sie denn, Herr Wolf?«, meckerte Frau Murrte. »Sie wollen mich doch nicht alleine lassen!«

Mit einem tiefen Seufzer verließ Pepe den Wagen und stiefelte resigniert auf den Eingang zu.

Mit einem süßen Lächeln, das auf ihre purpurroten Lippen eingemeißelt zu sein schien, wartete Frau Murrte beharrlich darauf, dass Pepe ihr erneut die Tür öffnete. Noch ein Seufzer, dann war die Tür offen. Kaum waren die beiden eingetreten, konnte das Schauspiel beginnen!

Auf ihren Zwölf-Zentimeter-Absätzen wackelte Frau Murrte mit schwingenden Hüften auf einen Mann zu, welcher der Besitzer des Frisörsalons sein musste und die Kundin mit einem strahlenden Lächeln, das strahlender nicht hätte sein können, empfing.

»Meine Liiiebe!«, begrüßte er die Dame mit einer leichten Verbeugung und dem Hauch eines Handkusses. »Wir haben sie bereits erwartet, auch wenn ich nicht weiß, was ich für Sie tun könnte …«, er legte eine kurze Pause ein, um der Fortführung des Satzes noch mehr Effekt zu geben, »… da Sie bereits so bezaubernd sind, dass Sie meine bescheidene Unterstützung nicht benötigen, um jeden zu blenden, der Sie betrachtet!«

»Wie immer ein Charmeur, lieber Francois!«, antwortete die Kundin mit einem selbstzufriedenen Lächeln und wühlte mit der Hand leicht ihre Haare auf. »Ich sehe schrecklich aus!«, stöhnte sie. »Du musst heute dein Bestes geben! Ich habe morgen einen überaus wichtigen Termin, zu dem ich perfekt erscheinen möchte!«

»Wie immer, ma chère, perfekt wie immer!«

Mit ausschweifender Geste zeigte er auf einen Stuhl.

»Ihr Stuhl wartet bereits auf Sie! Bitte!«

Dann drehte er sich zu einer im Hintergrund wartenden Assistentin um und verkündete mit laut tönender Stimme:

»Ein Glas unseres besten Champagners für Frau Murrte. Beeilt euch!«

Pepe Wolf hatte auf einem Stuhl neben der Garderobe Platz genommen und betrachtete den gesamten Frisörsalon. Natürlich war Frau Murrte nicht die einzige Kundin, aber alle schienen der gleichen Form entsprungen zu sein, abgesehen von den durch Aussehen und Alter bedingten Unterschieden. Alle ähnlich gekleidet, in ähnlichen Farben, die wohl gerade in Mode waren, mit ähnlichen Taschen, ähnlichem Haarschnitt, ähnlich geschminkt und vor allem mit dem gleichen hochmütigen Gesichtsausdruck à la Grande Dame, welche sie beim besten Willen nicht waren.

Dann fiel sein Blick auf eine hübsche junge Dame, die sich ihm näherte und höflich fragte, ob er eine Tasse Kaffee trinken wolle. Pepe Wolf bedankte sich lächelnd und verneinte. Wenigstens hatten sie bemerkt, dass auch er auf irgendeine Weise Teil dieses duftenden Universums war!

Geduldig verfolgte er von seinem Beobachtungspunkt aus die Arbeit des Frisörs auf dem Kopf von Frau Murrte. Eines musste er zugeben: Die

Bewegung seiner Hände war beeindruckend, wie zwei Schmetterlinge, die aufgeregt um die Blüten einer Pflanze flatterten. Als auch die letzte Haarsträhne mit Spray und Gel zurechtgelegt war, endete das Schauspiel.

»Et voilà!«, verkündete Herr Francois lächelnd und streifte das weiße Mäntelchen mit solch anmutiger Drehbewegung von den Schultern von Madame ab, dass jeder Torero neidisch gewesen wäre.

Nachdem Frau Murrte eine horrende Summe für den Besuch beim Frisör bezahlt hatte, stolzierte sie erhobenen, parfümierten Hauptes auf den Ausgang zu, gefolgt von Pepe Wolf … aber nur bis zur Tür, dann war wieder Pepe an der Reihe. Dennoch atmete er erleichtert auf. Die erste Station dieses Leidensweges war beendet! Aber die zweite sollte erst beginnen: das Nagelstudio!

Wieder saß er auf einem Stuhl neben der Garderobe und durfte erfahren, dass die Körperteile, die jeder normale Mensch einfach als Nägel bezeichnet, von den Künstlerinnen der kleinen Nagelscheren, -feilen und -lacke unter den Namen rund, eckig, oval, squoval, mandel, ballerina oder stiletto kategorisiert wurden. Die Nagelform, die ihm die größte Furcht einflößte, war die des Stiletto! Wirklich kein Vertrauen erweckender Name! Wer weiß, was eine Frau bewaffnet mit zehn Stiletten so alles anstellen konnte! Pepe überlegte, ob er jemals in seinem Leben eine solche Frau kennengelernt hatte. Nach kurzer Bedenkzeit kam er zu dem Schluss: nein! Falls doch, hatte er es zum Glück nicht bemerkt.

Frau Murrte wählte natürlich genau diese Nagelform und zeigte ihm beim Hinausgehen stolz die mit zehn kleinen Messerspitzen bewaffneten Hände.

»Perfekt, nicht wahr?«, lächelte sie glücklich. »Kommen Sie mir ja nicht zu nahe, ich könnte gefährlich werden«, und sie machte mit beiden Händen eine katzenartige Bewegung, die sie noch lächerlicher erscheinen ließ.

So war auch die zweite Station des Martyriums beendet, aber es verblieb noch die letzte: der Psychologe!

Erfreulicherweise, vor allem für sein eigenes Seelenheil, lehnte Frau Murrte diesmal die Anwesenheit des Detektivs ab, und Pepe seufzte erleichtert auf. Nachdem sie das Auto verlassen hatte und hinter der Eingangstür der Praxis verschwunden war … ohne den Detektiv als Türöffner, konnte Pepe es sich nicht verkneifen, Regina zu fragen:

»Entschuldige, aber … wie sind eigentlich deine Nägel?«

Regina sah ihn einen Moment lang verwundert von der Seite an und antwortete:

»Kurz!«

»Nicht wie ein Stilett?«

»Nein, einfach nur kurz!«

»Perfekt!«, stieß der Detektiv erleichtert aus und neckte die Partnerin. »Dann kannst du mich gerne streicheln, wenn du möchtest!«

»Ich werde mich im passenden Moment daran erinnern!«, erwiderte Regina schmunzelnd.

»Okay!«

Dann holte Pepe Wolf sein Handy aus der Tasche und startete mit der Bemerkung »Nun kannst du mal ein bisschen auf die Grande Dame aufpassen!« sein Lieblingsspiel, während die Kommissarin Gebäude und Umgebung im Auge behielt.

Eine Stunde später war die Sitzung beim Psychologen beendet und Frau Murrte trat, weiterhin auf hohen Absätzen, aber ohne ihren Allerwertesten allzu sehr hin und her zu schwingen, aus dem Gebäude. Sie öffnete, diesmal ohne auf Pepe zu warten, die hintere Seitentür und stieg ein.

»Hallo ihr beiden! Hoffentlich hat es nicht zu lange gedauert!«, sagte Frau Murrte mit einem ehrlichen Lächeln auf den Lippen.

Soviel Höflichkeit! Toller Psychologe, dachte Pepe. Auch Regina blickte Pepe überrascht an.

»Und wo soll es nun hingehen?«, fragte die Kriminalkommissarin, als sie den Motor startete.

»Bitte nach Hause!«, antwortete Frau Murrte. »Ich bin jetzt auf die morgige Abstimmung vorbereitet und möchte nur noch einen geruhsamen Abend verbringen. Heute Nacht werden wohl zwei Ihrer Kollegen auf mich aufpassen und Sie holen mich morgen für die Abstimmung ab.«

Genauso war es geplant. Als sie den SUV in der Garage geparkt hatten, warteten die beiden Kollegen bereits auf sie.

Sie tauschten einige Informationen aus und dann konnte die nächste Schicht beginnen. Den Kollegen war in der Umgebung des Wohnhauses nichts Suspektes aufgefallen und auch Regina konnte dies bestätigen: »Auch bei uns nichts Außergewöhnliches! Bis morgen 8:00 Uhr!« Dann folgten die beiden Männer Frau Murrte ins Haus, während Pepe und Regina zum Auto des Detektivs gingen.

»Hoffentlich passiert heute Nacht nichts«, bemerkte die Kommissarin auf der Rückfahrt etwas besorgt.

»Ja, hoffentlich«, bemerkte Pepe, »auch wenn ich denke, dass es morgen zwischen den vielen Menschen und bei der Aufregung über die bevorstehende Abstimmung leichter wäre, einen Anschlag zu wagen. Sogar die Presse ist anwesend!«

»Morgen müssen wir die Augen offenhalten und so nah wie möglich bei Frau Murrte bleiben!«

»Ja, leider! Echt nicht einfach, es neben dieser Schreckschraube auszuhalten! Wenn ich nur an ihre Stilettonägel denke!«, stöhnte Pepe, fügte jedoch nach kurzer Überlegung hinzu: »Auch wenn sie nach der Therapie etwas höflicher war! Hoffentlich bleibt es so!«

Am nächsten Morgen parkten die beiden pünktlich in der Nähe des Murrte-Hauses. Aufmerksam beobachteten sie die zum Glück wenig frequentierte Straße, einen Radfahrer, geparkte Wagen und zwei Fußgänger. Alles unauffällig … bis auf Frau Murrte, die mit den beiden Kollegen die Treppe zur Garage herunterkam. Zwar schien sie sich weniger ausladend in den Hüften zu wiegen, jedoch zog das pinkfarbene, enganliegende Kostüm eines sicher berühmten italienischen Designers alle Blicke auf sich. Klack klack klack, dann stand sie auf ihren Chanelschühchen mit Pfennigabsatz und einer beigen Lederaktentasche in der Hand vor dem SUV.

»Violà! Ich bin bereit!«

Pepe stand bereits an der hinteren Seitentür und ließ die Dame einsteigen, eine nicht zu unterschätzende Herausforderung angesichts der Enge des Rockes und der Höhe der Absätze. Aber mit fast professioneller Leichtigkeit gelang es Frau Murrte, ohne größere Schäden die Sitzbank zu erklimmen.

»Geschafft!« kommentierte sie die überstandene Schwierigkeit und entlockte Pepe sogar ein Lächeln. Der Psychologe hatte wirklich gute Arbeit geleistet!

Eine halbe Stunde später erreichten sie das Firmengelände und Regina brachte den SUV vor der Schranke des Haupteingangs zum Stehen. Ein Sicherheitsbeamter kam auf das Auto zu, da er weder Regina noch Pepe kannte, öffnete jedoch sofort die Schranke, als Frau Murrte das Seitenfenster herunterließ und ihn freundlich begrüßte.

»Hallo Frau Murrte! Da sind Sie ja! Ich hatte zwar das Auto erkannt, jedoch nicht die beiden Herrschaften im Fahrerbereich. Viel Erfolg bei der Hauptversammlung!«

Aus allen Richtungen strömten gutgekleidete Frauen und Männer auf das Gebäude zu, wohl alle Teilnehmer der Hauptversammlung, in der das Ergebnis der entscheidenden Abstimmung des Vorstandes verkündet werden sollte. Einige grüßten Frau Murrte herzlich, andere nickten aus reiner Höflichkeit der pinken Erscheinung zu. Die letzteren waren sicher diejenigen, die auf ein Ja der Mitglieder des Vorstandes hofften und eventuell für die Drohungen verantwortlich waren.

Alle bewegten sich auf den großen Versammlungsraum zu, neben dem sich eine kleinere Tür mit der Aufschrift »Abstimmung« befand, auch Regina und Pepe, die Frau Murrte in ihre Mitte genommen hatten. Die bedrohte Dame schien relativ entspannt zu sein. Auf der Stirn der Kommissarin und des Detektivs hingegen erschienen die ersten Schweißtropfen. Ihre Nerven waren zum Reißen angespannt. Wenn etwas geschehen sollte, dann jetzt! Ihre Augen suchten die umliegenden Treppen und Fenster ab, jedes Details, jede Bewegung wurde gespeichert. Ein Mann in grauem Anzug überholte sie langsam und warf Frau Murrte einen bösen Seitenblick zu. Auch auf seiner Stirn waren Schweißtropfen zu sehen. Als er einen Meter vor ihnen war, griff er langsam in die Tasche seiner Jacke. Pepe hielt den Atem an und seine Hand sauste instinktiv an die Beretta im Halfter. Aber dann zog der Herr langsam ein Taschentuch hervor und tupfte sich die Stirn trocken! Puh, ein Aufatmen, das war knapp!

Vor dem Eingang wurde den Eintretenden ein Glas Mineralwasser angeboten. Frau Murrte wollte das Glas gerade dankend entgegennehmen, als die Hand von Regina ihr zuvorkam und ihr das Glas vor der Nase wegschnappte.

»Lieber nicht, Frau Murrte! Die Abstimmung schaffen Sie sicher auch ohne diesen Schluck Wasser!«

Regina fing sich den überraschten Blick ihrer Auftraggeberin ein, die jedoch ohne einen Muckser gehorchte.

Als die beiden mit ihr den Wahlsaal betreten wollten, war es jedoch mit dem Gehorsam zu Ende. Empört drehte sich Frau Murrte zu ihnen um und verkündete theatralisch:

»Sie denken doch wohl nicht, dass Sie mich zu dieser sehr wichtigen, geheimen Wahl begleiten können!«, empörte sich die Vorstandsvorsitzende. »Warten Sie bitte im Versammlungssaal nebenan. Dort werde ich nach der Auszählung sowohl den Grund der Abstimmung als auch das Wahlergebnis offiziell verkünden und den Journalisten während der angesagten Pressekonferenz Rede und Antwort stehen.«

Dann verschwand sie hinter einem dicken Samtvorhang, der jegliche Sicht in den Raum verhinderte. Regina und Pepe blieben wie angewurzelt stehen, hatten jedoch keine andere Wahl, als zur Seite zu treten und den Wahlberechtigten den Durchgang freizumachen.

Regina sah Pepe fragend an:

»Ich verstehe Frau Murrte einfach nicht. Zuerst kommt sie beunruhigt zur Polizei, bittet um Personenschutz und am bedrohlichsten Tag, im gefährlichsten Umfeld marschiert sie einfach alleine los.« Sie drehte sich kopfschüttelnd um. »So als könne ihr nichts mehr passieren!«

Pepe ging in Gedanken vertieft neben der Kollegin Richtung Pressesaal.

»Ich bin ganz deiner Meinung! Bis jetzt konnte Gott sei Dank nichts passieren, weil wir sie Tag und Nacht unter unsere Fittiche genommen haben. Und heute, am Tag X, inmitten der Menschen, von denen die Bedrohung wahrscheinlich ausgeht, tut die liebe Dame so, als hätte nie eine Gefahr bestanden! Wer soll das noch verstehen?«

»Das ist nun ihre Sache, lieber Pepe! Wenn sie uns nicht unsere Arbeit machen lässt, dann ist sie es selbst schuld!«

Die beiden betraten den bereits gefüllten Saal. In den vorderen Reihen, direkt unterhalb eines Podestes mit Rednerpult, hatte sich die Presse, bewaffnet mit Fotostativen, Videokameras und Mikrofonen, ausgebreitet, während dahinter fast alle Sitze durch die Teilnehmer der Hauptversammlung belegt waren. So suchten sich die beiden ein Plätzchen in den hinteren Rängen, um den gesamten Raum im Blick zu behalten. Pepe zog seinen Operngucker aus der Tasche, um alles aus nächster Nähe verfolgen zu können. Der gesamte Saal pulsierte, die Journalisten versuchten, einen Platz in der ersten Reihe zu ergattern, die wartenden Teilnehmer der Hauptversammlung wetteiferten mit ihren Prognosen über die Abstimmung. Man konnte die Anspannung körperlich wahrnehmen. Zwei Männer direkt vor ihnen rätselten ebenfalls aufgeregt über den Ausgang der Wahl.

»Was meinst du? Werden sie für den sofortigen Umstieg auf nachhaltige Produktionsverfahren stimmen?«

»Hoffentlich nicht! Sonst saust die Aktie sofort in den Keller.«

Pepe horchte auf. Darum ging es also! Deshalb hat Frau Murrte Drohbriefe erhalten! Deshalb war ihre Stimme so wichtig!

Eine halbe Stunde später betraten Frau Murrte und die übrigen sechs Vorstandsmitglieder das Podest durch einen seitlichen Vorhang. Ein Raunen ging durch den Saal, dann trat Stille ein. Die Vorsitzende betrat das Rednerpult, während die beiden verbliebenen Dreiergruppen auf den Stühlen rechts und links neben ihr Platz nahmen.

»Sehr geehrte Damen und Herren«, begann sie ihre kurze Ansprache, »zunächst werde ich Ihnen das Ergebnis der Abstimmung mitteilen, danach stehen die Mitglieder des Vorstands zehn Minuten den Fragen der Journalisten zur Verfügung und im Anschluss findet die Jahreshauptversammlung ohne Anwesenheit der Presse statt.«

Ein leichtes Murren ließ die Rednerin innehalten. Pepe nahm mit seinem Operngucker Frau Murrte ins Visier. Sie hob mit beiden Händen in theatralischer Geste das Abstimmungsergebnis vom Rednerpult empor.

»Und nun das Ergebnis der Abstimmung!«

Alle hielten den Atem an! Pepe sah zunächst in das lächelnde Gesicht der Rednerin, dann auf das Blatt Papier, welches sie in den Händen hielt. Er ließ das Opernglas sinken und überlegte. Das war doch nicht möglich! Seine grauen Zellen arbeiteten auf Hochtouren. Er hob das kleine Fernglas erneut vor die Augen.

»Alle Stimmen wurden abgegeben, keine Enthaltung! Vier Stimmen Ja, drei Stimmen Nein!«

Der Geräuschpegel im Saal stieg, schoss in die Höhe! Buhrufe und lautes Klatschen kämpften um die Wette, die Blitzlichter der verschiedenen Journalisten und Fotografen taten es ebenfalls.

Regina sah den aufgebrachten Pepe von der Seite an.

»Wieso viermal Ja? Sie wollte doch mit Nein stimmen? Was sollte dann unser ganzer Einsatz?«

»Ich muss sofort weg, Regina! Ich weiß jetzt, was passiert ist! Pass mit deinen Leuten auf die liebe Rednerin auf und lass sie nicht entwischen. Die Schlüssel des Wagen bitte! Ich bin beim Psychologen!«

»Na, so schlimm waren die zwei Tage mit Frau Murrte doch auch nicht«, scherzte die Kriminalkommissarin und hielt den Autoschlüssel in die Höhe. Der Detektiv schnappte sich den Schlüssel und rannte aus dem Saal. Bevor er die Tür zumachte, drehte er sich noch einmal um.

»Lass sie ja nicht entwischen! Ich bin in einer Stunde wieder da!«

Dann verschwand er hinter der Tür und ließ eine Kommissarin mit fragendem Blick zurück. Sie wusste zwar nicht, warum Pepe es auf einmal so eilig hatte, aber sie kannte ihn gut genug, um zu wissen, dass er einen triftigen Grund haben musste. Daher folgte sie seinen Anweisungen und rief ihre Männer zusammen. Durch die Fensterfront sah sie Pepe auf den SUV zulaufen. Was hatte er wohl gesehen? Was wollte er beim Psychologen?

Der Detektiv sprang ins Auto und startete mit quietschenden Reifen. Er hatte keine Zeit, über das ungewohnt große Fahrzeug nachzudenken, er drückte einfach aufs Gaspedal!

Zehn Minuten später parkte der Detektiv fünfzig Meter vor dem Gebäude, in dem gestern Frau Murrte zur Therapie verschwunden war. Wie so oft in diesem Berufszweig befand sich die Praxis im eigenen Privatgebäude, da Patientinnen und Patienten in einer häuslichen, privaten Umgebung empfangen werden konnten, die Wärme und Ruhe ausstrahlte, und darüber hinaus inkognito blieben, da sie sowohl aus privaten als auch aus gesundheitlichen Gründen das Haus betreten konnten.

Der Parkplatz vor dem Haus war leer. Perfekt! Kein Patient momentan! Pepes Finger platzierten sich entschlossen auf dem Klingelknopf mit der Aufschrift »Praxis Dr. Hermann.«

»Drinnng, Drinnng, Drinnng…!«

Nach dem gefühlt hundertsten Mal wurde die Tür endlich geöffnet. Der massive Körper des Psychologen füllte fast die gesamte Türöffnung aus.

»Wer sind Sie, was wollen Sie?«, fragte der Riese, ohne seine Verärgerung über die unerwartete Störung zu verbergen.

»Wolf …«, antwortete der Detektiv gelassen, »… mein Name ist Wolf, Pepe Wolf! Ich bin der persönliche Leibwächter von Frau Murrte, Ihrer Patientin.«

»Aha! Was kann ich für Sie tun, außer Ihnen zu empfehlen, sich weniger James-Bond-Filme anzusehen?!« Der Sarkasmus in der Stimme des Psychologen war fast greifbar.

»Ganz einfach, Dr. Hermann!«, antwortete Pepe mit dem gleichen zynischen Unterton. »Sagen Sie mir einfach, wo sie die echte Frau Murrte versteckt halten!«

»Versteckt halten? Die echte Frau Murrte? Was faseln Sie da? Sind Sie verrückt?«, brauste der Berg von einem Mann auf und drohte: »Wenn Sie nicht sofort verschwinden, rufe ich die Polizei!«

»Wenn ich verrückt bin, gibt es doch keinen besseren Platz für mich als Ihre Praxis«, scherzte Pepe und fuhr dann mit ernstem Tonfall fort. »Hören Sie zu! Entweder Sie lassen mich einen Blick in die Praxisräume und den Wohnbereich werfen oder ich werde die Polizei rufen«, und er zog sein Handy aus der Jackentasche. »Ich habe sehr gute Freunde in der Zentrale sitzen, Herr Doktor!«

Der Psychologe verdrehte genervt die Augen und überlegte, ob er einen anderen Ausweg aus der Situation finden konnte. Zuletzt gab er jedoch nach.

»Die Polizei im Haus wäre keine gute Werbung für die Praxis.« Er trat resigniert zur Seite und ließ Pepe Wolf eintreten. »Los, kommen Sie schon und werfen Sie diesen Blick hinein! Aber beeilen Sie sich! In einer Stunde erwarte ich einen Patienten, einen sehr wichtigen Patienten!«

Der Detektiv betrat den hellen Eingangsbereich, der mit Palmen und Orchideen geschmückt war. Eine große Marmortreppe führte ins Obergeschoss, wo sich die Praxis befand. Oben angekommen änderte sich das Erscheinungsbild. Alles in warmen, dunklen Farben: der Parkettboden, ein Korridor mit edlen Bücherregalen, der zu den einzelnen Zimmern führte, und eine gemütliche Sitzecke für die Wartenden.

»Wo möchten Sie mit Ihrer Durchsuchung beginnen?«

»Ich beginne in den Praxisräumen und schaue danach kurz im Privatbereich nach. Fangen wir im Behandlungszimmer an!«

»Wie Sie möchten!«, entgegnete Dr. Hermann genervt und öffnete die Tür.

Beeindruckt schaute sich der Detektiv in dem großen Raum um, der von Reichtum und Geld, von viel Geld, nur so strotzte: hochwertiges Parkett mit einem riesigen Persianer, wertvolle Möbelstücke wie ein antiker Schreibtisch, drei Sessel und ein Canapé, alles eingerahmt von kostbare Gemälden, die die pastellfarben tapezierten Wände schmückten.

»Ich wage nicht, an Ihre Honorare zu denken, Herr Doktor!«, schlussfolgerte der Detektiv.

»Sie sind ja hoffentlich nicht auch noch Finanzbeamter!«, erwiderte der Psychologe ärgerlich.

»Nein, keine Angst, Dr. Hermann!«

Pepe durchstöberte zunächst die gesamte Praxis und führte dann seine Suche in den privaten Räumlichkeiten des scheinbar alleinstehenden Promi-Psychologen fort. Aber er fand nichts, absolut nichts! Eine halbe Stunde später stieg er enttäuscht die Treppe zur Praxis hinauf und traf im Korridor auf den Psychologen.

»Sind Sie nun zufrieden, Herr Wolf?«, fragte Dr. Hermann mit leicht ironischem Unterton. »Wie Sie selbst feststellen konnten, habe ich im gesamten Haus niemanden versteckt!«

»Ich muss Ihnen recht geben«, sagte Pepe Wolf und neigte verlegen den Kopf, die Augen auf den Boden gerichtet, und wollte sich verabschieden. »Ich entschuldige mich für ...«

Plötzlich zog der Detektiv die Hand, die er dem Psychologen entgegenstreckte, wieder zurück. Dann hob er den Blick vom Fußboden, richtete ihn direkt in die Augen seines Gegenübers und begann zufrieden zu lächeln.

»Ich kann nur sagen, dass Sie einen wirklich prachtvollen Parkettboden besitzen, Dr. Hermann, sicher aus dem qualitativ hochwertigsten Holz, das auf dem Markt erhältlich ist.«

»Zum Teufel, Wolf, was wollen Sie damit andeuten?«, stieß Dr. Hermann ärgerlich aus und zog ebenfalls die Hand zurück.

Wolf trat zwei Schritte auf ein Bücherregal zu, ging in die Hocke und deutete mit der Hand auf den davor liegenden Parkettboden.

»Sehen sie diese Kratzer? Die waren mir vorher nicht aufgefallen. Sie scheinen bis hinter das Bücherregal und die Wand zu reichen, so als ob sich an dieser Stelle ein Durchgang befände. Aber es gibt keine Tür, wenigstens keine sichtbare!«

Wolf, immer noch gebückt, erhob den Blick zum Psychologen, der sich hinter ihm aufbaute.

»Ich könnte wetten, wenn wir die Tür finden, finden wir auch Frau Mur ...«

Pepe konnten den Satz nicht beenden, da sich der Mann mit seiner gesamten Körpermasse wütend auf ihn stürzte.

»Verfluchter Schnüffler!«, schrie der Angreifer und packte den völlig überraschten Detektiv am Hals. »Ich werde dir eine Hypnose verpassen, die dich für den Rest deines Lebens im Glauben lässt, ein Affe zu ...!«

»Loslassen! Lass ihn sofort los, sonst schieß ich dir eine Kugel direkt in dein großes Hinterteil!«

Pepe und der Psychologe starrten verblüfft in die Richtung, aus der die Stimme kam.

Am Treppenabsatz stand die Kriminalkommissarin mit der Waffe im Anschlag, begleitet von zwei Kollegen in der gleichen Angriffsstellung.

»Mein lieber Schwan …«, brachte der Detektiv mit Mühe hervor, da die Hände des Arztes immer noch seinen Hals umklammerten, »… das war knapp!«

Die beiden Polizisten stürzten sich auf Dr. Hermann, während Regina die Pistole wegsteckte und dem nach Luft schnappenden Pepe auf die Beine half.

»Mein lieber Pepe, du bist zu zart gebaut für solche Aktionen!«

»Da hast du wohl recht!«, musste der Detektiv zugeben. Dann griff er sich an den Hals, richtete sich auf und drehte sich zum Psychologen um.

»Also, Herr Doktor, machen wir diese Türe nun auf oder müssen wir Bücherregal und Wand mit Gewalt entfernen?«

»Okay, okay«, murmelte Dr. Hermann, »der große Atlas, links im mittleren Regal!«

Pepe zog den Atlas heraus und im gleichen Moment schwenkten Bücherregal und die dahinterliegende Wand auf sie zu. Der Durchgang führte in ein kleines Versteck, in dem Frau Murrte mit abwesendem Blick auf einem Bett saß.

»Die Hypnose ist wirklich Ihre Stärke, Herr Dr. Hermann!«, sagte der Detektiv mit leichter Bewunderung, nachdem er seine Hand einige Mal vor dem Gesicht von Frau Murrte hin und her bewegt hatte, ohne auch nur die geringste Reaktion zu bewirken. »Wecken Sie die Dame bitte auf!«

Ein Wink zu den beiden Polizisten und sie ließen den Therapeuten los. Er hockte sich direkt vor die hypnotisierte Patientin, sprach ihr einige beruhigende Worte zu und schnippte kurz mit den Fingern vor ihrem Gesicht.

»Wo bin ich? Was ist geschehen?«, fragte Frau Murrte mit benommener Stimme und sah sich verwirrt in dem kleinen Raum voller Menschen um.

»Alles gut, alles gut!«, beruhigte sie Pepe Wolf. »Ganz ruhig, gleich werden Sie alles verstehen!« Dann drehte er sich zu Regina um. »Habt ihr die andere Dame auch mitgebracht?«

Seine Kollegin gab einem der Polizisten zu erkennen, die Doppelgängerin in den Raum zu führen.

»Aber die sind ja identisch!«, stieß der Psychologe verblüfft aus und sah von einer Frau zur anderen.

»Natürlich, mein Lieber! Nur so konnte es funktionieren«, bemerkte Pepe und sah das Double an. »Die Dame wurde bewusst wegen der unglaublichen Ähnlichkeit mit Frau Murrte gewählt. Dann hat man ihr die wichtigsten Charakter- und Verhaltenseigenschaften des Originals beigebracht, um sie bis ins kleinste Detail imitieren zu können. Wie auch Sie, Dr. Hermann, war sie Teil eines durchdachten, präzise organisierten kriminellen Plans!«

»Welcher kriminelle Plan?«, fragte der Psychologe aufgebracht. »Ich habe nur meine Arbeit als Psychologe getan, die Arbeit, für die ich bezahlt worden bin: meine Patientin hypnotisieren und vierundzwanzig Stunden unter Beobachtung halten. Was soll daran kriminell sein?«

»Genau das, was Sie als *unter Beobachtung halten* bezeichnen«, stellte Pepe Wolf mit einem Lächeln klar, »nennt das Gesetz Freiheitsberaubung oder Kidnapping. Das wird Sie die Streichung aus dem Psychotherapeutenregister kosten und ... einen etwas längeren Aufenthalt im Gefängnis. Hoffentlich haben Sie genug Geld erhalten angesichts der Strafe, die Sie bezahlen werden.« Pepe sah seinem Gegenüber tief in die Augen.

»Eine Million! Eine Million war der vereinbarte Preis!«, brüllte der Psychologe völlig hysterisch. »Das konnte ich nicht ablehnen. Ich habe Spielschulden und diese Summe hätte alles gerichtet ...« Er ließ sich resigniert auf dem Bett neben Frau Murrte nieder und raufte sich mit beiden Händen die Haare. » ... ALLES!«

Wolf näherte sich dem verzweifelten Mann.

»Die Person, die Ihnen das Angebot unterbreitet hat, kannte Ihre Probleme und war sicher, dass Sie annehmen würden.«

Nun wandte sich der Detektiv an Frau Murrte, die nur langsam aus dem hypnotischen Zustand aufwachte.

»Alles in Ordnung, Frau Murrte? Geht es Ihnen besser?«

Die Dame nickte wortlos zur Bestätigung und warf einen immer noch verschlafenen Blick auf alle Umstehenden.

»Wer ist denn diese Frau?«, brachte sie einen Moment später hervor, als ihre Augen auf die Doppelgängerin fielen. »Das ist ja eine Kopie von mir!«

»Das ist die Dame, die bei der heutigen Abstimmung ihren Platz eingenommen hat«, informierte Pepe Frau Murrte sachlich. »Und es wäre ihr fast gelungen, sich für Sie auszugeben, wenn mein Blick durch das Opernglas nicht auf ihre Finger gefallen wäre, die das Wahlergebnis in Händen hielten, und … die dazugehörigen Fingernägel, die eine andere Form hatten als diejenige, die Sie in meiner Anwesenheit im Nagelstudio in Auftrag gegeben hatten.«

»Die Nägel?«, fragte das Original ungläubig.

»Genau! Die Nägel, Frau Murrte! Sie hatten sie mir sogar stolz nach der Maniküre gezeigt. Ihre Nägel waren eindeutig in Stiletto-Form gestylt, während die ihrer Doppelgängerin normal geformt sind.«

Er drehte sich zum Double um.

»Könnten Sie bitte den Anwesenden Ihre Nägel zeigen?«

Die Dame hob schüchtern beide Hände und zeigte sie den Anwesenden, die mit angehaltenem Atem Pepes Ausführungen folgten.

»Also …«, fuhr Pepe fort, »es ist unumstritten, dass die Person, die die Praxis von Dr. Hermann verlassen hat, nicht mit der identisch war, die eine Stunde zuvor die Praxis betreten hatte! Das bedeutet, dass der Tausch in der Praxis stattgefunden haben muss, korrekt, Herr Doktor?«

Der Mann nickte niedergeschlagen mit gesenktem Kopf.

»Sie haben zu Beginn des Gesprächs vorgetäuscht, die Doppelgängerin das erste Mal zu sehen. In Wahrheit war die Dame gestern bereits hier versteckt, als Sie Frau Murrte hypnotisiert haben. Danach musste sie nur noch in ihre Rolle schlüpfen. Habe ich recht?«

»Ja!«, musste der Psychologe kleinlaut zugeben.

»Nun müssen Sie mir nur noch sagen, wer Sie beide zu dieser Straftat angestiftet hat«, fuhr Pepe in hartem Ton fort.

»Ich weiß es nicht, das ist die Wahrheit!«, antwortete Dr. Hermann betroffen.

»Ich auch nicht!«, beteuerte die Komplizin.

»Das habe ich mir fast gedacht!«, erklärte Pepe mit ruhiger Stimme. »Sie haben wahrscheinlich per Post einen anonymen Brief oder ein Päckchen erhalten mit Angebot, kurzer Beschreibung und einer Vorauszahlung in bar. Korrekt?«

»Ja, richtig!«, bestätigten die beiden.

»Den Rest der Summe sollten Sie dann am Abend nach der Abstimmung erhalten!«

Die beiden bestätigten erneut, diesmal mit einem Nicken. Wolf legte eine Kunstpause ein, um die folgenden Worte besser wirken zu lassen:

»Herr Dr. Hermann, Sie wollten heute Abend auf eine längere Reise gehen, nicht wahr?«

»Wie kommen Sie denn darauf? Haben Sie irgendwo im Haus einen gepackten Koffer oder etwas Ähnliches gesehen?«, versuchte Dr. Hermann zu leugnen.

»In der Tat scheint in Ihrer Garderobe nichts zu fehlen und einen Koffer habe ich auch nicht gefunden. Da haben Sie völlig recht!«

»Na sehen Sie!«, kommentierte sein Gegenüber mit einer gewissen Erleichterung.

»Aber ich habe bemerkt, dass in Ihrem Bad der Rasierapparat, der Rasierschaum, Zahnpasta und Zahnbürste fehlen, kurz gesagt alles Dinge für die persönliche Pflege, auf die man während einer längeren Reise nicht verzichten möchte.«

»Welche längere Reise?«

»Eine lange Reise in eines der vielen Steuerparadiese, wo die gesamte Geldsumme auf Sie warten sollte, um ein neues Leben ohne Strafverfolgung und Kreditoren zu beginnen, mit neuer Garderobe, die Sie passender zum Klima des neuen Lebensbereiches gewählt hätten, n'est-ce-pas?«, schlussfolgerte Pepe Wolf und konnte es sich nicht verkneifen, mit dem Daumen einen nicht existierenden Schnurrbart glatt zu streichen und die linke Hand auf den Rücken zu legen.

»Nun lassen Sie Ihrer Phantasie aber allzu freien Lauf, Herr Detektiv! Nach James Bond wollen Sie auch noch in die Rolle von Hercule Poirot schlüpfen!«

Pepe ging einige Schritte quer durch den Raum und fuhr mit seinem Schlussplädoyer fort.

»Nach Ihrem Verschwinden und dem der Doppelgängerin konnte der Auftraggeber sicher sein, niemals gefasst zu werden. Sehen Sie, Ihre Komplizin hat bei der Stimmabgabe genau das Gegenteil von dem gewählt, was Frau Murrte zuvor verlautet hatte, so dass die Aktien in den Keller gepurzelt sind.«

Pepe wandte sich an alle Umstehenden, die voller Spannung auf den Ausgang seiner Beweisführung warteten.

»Ich muss Sie sicher nicht darauf hinweisen, dass derjenige, der dieses Schauspiel in Szene gesetzt hat, viel Geld auf den Aktienabsturz gesetzt hat.«

»Aber dann hätte er doch Geld verloren?«, unterbrach ihn Regina verblüfft.

»Wenn er Aktien erworben hätte, ja! Aber unser Genie hat Put-Optionen erworben!«

»Put-Optionen?«, erklang es aus den Mündern der Umstehenden.

»Ja, Put-Optionen! Der Besitzer eines Puts spekuliert auf einen fallenden Kurs des Basiswertes einer Aktie. Bei dem *Europäischen Typ* können diese Optionsscheine nur am Verfallstag, also am Ende der Laufzeit zum Basispreis ausgeübt werden. Je niedriger der Kurs der Aktie zu diesem Zeitpunkt ist, umso höher fällt der Gewinn aus! Da unser Auftraggeber das Datum der manipulierten Abstimmung genau kannte, konnte er risikofrei Put-Optionsscheine erwerben. Für ihn ging es nicht um Spekulation, sondern um ein Millionengeschäft mit Gewähr.«

»Aber sobald diese Nachricht an die Öffentlichkeit gelangt, wird die Abstimmung annulliert und zu einem späteren Zeitpunkt wiederholt«, verkündete die Wiedererwachte mit geschäftsmäßiger Sicherheit.

»Das ist korrekt, Frau Murrte, aber ein Großteil der Aktionäre hat bis dahin ein Vermögen verloren und ist vielleicht ruiniert …«

»… und dies nicht ganz zu unrecht«, fuhr Frau Murrte mit zurückgewonnener Überheblichkeit fort und erhob sich. »Wer eine Dame wie mich mit einer …einer…«, sie deutete mit verächtlicher Geste auf die Doppelgängerin, »… mit einem billigen Starlet vierter Klasse verwechselt, das es nicht weiter gebracht hat, als in Seifenopern eine Rolle zu bekommen, verdient es wirklich nicht besser!«

Während Frau Murrte zum Unterstreichen ihrer Worte die blonde Haarmähne schüttelte, wurde es totenstill im Raum. Pepe Wolf atmete tief ein und drehte sich zu Regina um.

»Hast du gehört, Regina?« Dann sagte er an die anderen gewandt: »Habt ihr alle gehört, was Frau Murrte gerade gesagt hat?«

Es ertönte ein einstimmiges Ja!

Völlig verblüfft sah die Dame den Detektiv an.

»Wieso, was soll ich gesagt haben?«

»Was ich erwartet habe oder besser gesagt, was ich erhofft habe!«

»Nun hören Sie endlich mit Ihren Spielchen auf, Wolf!«, stöhnte Frau Murrte verärgert auf. »Es ist wirklich nicht der richtige Moment dafür!«

»Das sind keine Spielchen, meine Liebe. Wie alle Anwesenden vernommen haben, haben Sie gerade behauptet, diese Dame sei eine Schauspielerin. Wie konnten Sie das wissen?«, hakte der Detektiv ungerührt nach.

Frau Murrte lachte kurz auf.

»Und das soll alles sein? Ihr Geniestreich zur Aufklärung des Falles? Dass ich nicht lache! Jeder hätte angenommen, dass es sich bei der Kriminellen um eine Schauspielerin handelt!«

»Ja, da haben Sie nicht ganz unrecht«, gab Pepe Wolf zu, »aber niemand hätte hinzugefügt – ich wiederhole Ihre Worte – *ein Starlet, das es nicht weiter gebracht hat, als in Seifenopern eine Rolle zu bekommen!*«

Er ging noch einen Schritt näher und neigte seinen Kopf zu der aufgebrachten Dame.

»Woher wussten Sie, dass sie in Seifenopern auftritt?«

Frau Murrte sah den Detektiv fassungslos an, unfähig eine Antwort zu finden.

»Lassen Sie mich erklären, woher Sie es wussten. Sie haben die Dame nämlich über eine Agentur gefunden, wahrscheinlich über deren Internetseite, auf der Sie gegen einen gewissen Betrag die Fotos aller zur Verfügung stehenden Schauspielerinnen einsehen konnten, und dann diejenige gefunden, die Ihnen zum Verwechseln ähnlich sah. Daraufhin haben Sie

sie engagiert, natürlich auf anonyme Weise per Post, um für zwei Tage, vor und nach der Abstimmung, Ihre Rolle zu übernehmen.«

Er legte eine kurze Pause ein und sah seinem Gegenüber fest in die Augen.

»Aber das Geniale an Ihrem Plan war, dass Sie hier gefunden werden wollten, genau hier und unter Hypnose, um als Opfer angesehen zu werden, als das Opfer eines Verbrechens, das von einem anderen geplant worden war. Sie wussten genau, dass ich die unterschiedliche Form der Fingernägel bemerken und daraus schließen würde, dass der Personenwechsel nur in dieser Praxis des Psychologen stattgefunden haben konnte.«

»Was faseln Sie denn da für dummes Zeug? Sie sind … Sie sind …«, schrie Frau Murrte fast in den Raum. »Völlig verrückt sind Sie!«

Dann gewann sie ihre Fassung und wandte sich mit einem ironischen Lächeln an Pepe Wolf.

»Sie können so viele Hypothesen aufstellen, wie Sie wollen, aber wenn ich mich richtig erinnere, werden für solche Beschuldigungen Beweise gebraucht! Oder irre ich mich?«

Bis jetzt hatte Regina sich zurückgehalten und als Zuschauerin Pepes Argumentation verfolgt, aber nun zog sie ihr Handy aus der Tasche, öffnete eine gewisse Seite und ging auf die Beschuldigte zu.

»Hier haben Sie Ihre Beweise«, sagte Regina und hielt Frau Murrte das Display direkt unter die Nase. »Meine Kollegen im Büro sind fähige Leute. Sie konnten in kürzester Zeit die Spuren der von Ihnen getätigten Kapitalverschiebungen auf verschiedene Bankkonten im Ausland nachverfolgen.«

»Verflucht!«, gab Frau Murrte auf und ließ sich geschlagen auf den Bettrand fallen. »Der Plan war perfekt. Wer hätte je gedacht, dass ein unbekannter kleiner Vorstadtdetektiv alles erraten würde!«, und sie verbarg ihr Gesicht schluchzend in den Händen.

»Nicht erraten, meine Liebe«, erwiderte Pepe, »sondern durchschaut. Der einzige Fehler, den Sie gemacht haben, war, meine grauen Zellen zu unterschätzen!«

Regina drehte sich zu ihren Kollegen um.

»Bringt sie bitte in die Zentrale, gemeinsam mit den beiden Komplizen!«

Als Regina und der Detektiv alleine waren, schaute Pepe die Kriminalkommissarin fragend an.

»Wie hast du es nur geschafft, so schnell die Beweise zu finden, die Frau Murrte überführt haben?«, fragte Pepe voller Bewunderung.

Regina lachte erleichtert auf.

»Das auf dem Handydisplay waren nur meine Kontoauszüge!«, und sie fügte mit einem komplizenhaften Seitenblick hinzu: »Nicht nur unser Poirot aus Wolfenhausen besitzt die berühmten grauen Zellen!«

Von den Autoren bisher erschienen:

Exel

Teil 1 Exel – Willensfreiheit,
Teil 2 Exel – Der sterbende Schwan
ISBN 978-3-7481-0949-5

Exel, ein moderner Nachfolger von Jesus, ist aus dem Weltall auf die Erde gekommen, um den Teufel vom Erdball zu verbannen. Der ewige Kampf zwischen Gut und Böse, diesmal zwischen dem kritischen Außerirdischen, der seine Gegner mit Pirouetten und Sprüngen des klassischen Balletts bekämpft und einem Teufel in weiblicher Gestalt.

Beide Romane sprechen von den *Grauen,* dem Geheimtrakt der Area 51, der Übermittlung wissenschaftlicher Informationen durch Außerirdische an die Menschheit, von der Willensfreiheit und dem Zwist der Erdbewohner zwischen Gut und Böse.

Außergewöhnliche, humorvolle Dialoge über philosophische Themen, über das Universum und seinen Schöpfer und nicht zuletzt … über Probleme des täglichen Alltags.

Der Präsident

ISBN 978-3-7528-1015-8

Der Roman handelt von einem jungen Abgeordneten aus Ohio, John Endis, der vom Präsidenten der Vereinigten Staaten den Auftrag erhält, zum Unabhängigkeitstag eine ungewöhnliche Fotoausstellung zu organisieren. Bei diesem Projekt soll ihn die bildhübsche Grafikerin Annie unterstützen, die sich als Nichte des Präsidenten entpuppt. John, ein Einzelgänger, erliegt sofort dem Charme und der starken Persönlichkeit der jungen Frau und verliebt sich in sie.

Eines Tages erfährt John, dass die Fotoausstellung nur ein Vorwand ist für …

Ein in Washington spielender, spannender Science-Fiction-Roman, der dem Leser eine Vielfalt unvorhergesehener Überraschungen bietet.

Exel

Teil 3 Die Dummheit stirbt zuletzt

ISBN 978-3-7481-9928-1

Als die beiden Autoren zu Beginn der dritten Folge ihrer Serie Exel erste Überlegungen über den Verlauf der Geschichte anstellten, kam ihnen eine außergewöhnliche, ihrer Meinung nach brillante Idee in den Sinn. Sowohl Exel, der Held der beiden ersten Romane, als auch John, der Protagonist ihres dritten Buches »Der Präsident«, halten sich in den Vereinigten Staaten auf, der eine in seinem Raumschiff auf dem Seegrund von Garden City in Nevada, der andere als Mitarbeiter im Weißen Haus in Washington. Warum sollten sich die beiden Helden im vierten Buch nicht kennenlernen?

Der Menschheit droht eine große Gefahr. Wird es den beiden Protagonisten und ihren Freunden gelingen, diese Gefahr abzuwenden?